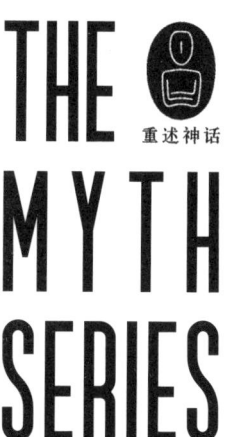

THE MYTH SERIES

重述神话

重述神话系列图书（The Myth Series），由英国坎农格特出版社（Canongate Books）著名出版人杰米·拜恩 2005 年发起，委托世界各国作家各自选择一个神话进行改写，神话的内容和范围不限，可以是希腊、印度、非洲、美国土著、伊斯兰、凯尔特、阿兹台克、挪威、《圣经》或其他国家和民族的神话，然后由参加该共同出版项目的各国以本国语言在该国同步出版发行。它不是对神话传统进行学术研究，也不是简单的改写和再现，而是要根据自己的想象和风格创作，并赋予神话新的意义。

已加盟的丛书作者包括诺贝尔文学奖、布克奖获得者及畅销书作家，如简妮特·温特森、大卫·格罗斯曼、玛格丽特·阿特伍德、多娜·塔特、齐诺瓦·阿切比、密尔顿·哈托姆、伊萨贝尔·阿连德、迈克尔·法布、何塞·萨拉马戈、阿尔贝托·曼戈尔、A.S.拜雅特、卡洛斯·富恩特斯、斯蒂芬·金以及中国作家苏童、李锐、叶兆言、阿来等。这是一场远古神话在当代语境下的复苏。这是一场世界范围的联合行动，通过对所涉及各个国家和地区的远古神话的现代语境下的重述，赋予其新时代的意义，寄托更深刻的文化和生存内涵，对现代人们在物质膨胀、精神匮乏的时代里产生的精神家园的缺失给予疗伤，通过神话的重述，让人们产生文化认同感和民族国家意识，更有利于世界的稳定和区域的健康发展。

神话是代代相传、深入人心的故事，它表现并塑造了我们的生活——它还探究我们的渴求、我们的恐惧和我们的期待；它所讲述的故事提醒着我们：什么才是人性的真谛。

JEANETTE WINTERSON
WEIGHT 重量
THE MYTH OF ATLAS AND HERACLES
阿特拉斯与赫拉克勒斯的神话

[英]简妮特·温特森 著　胡亚豳 译

重庆出版集团 重庆出版社

前言
INTRODUCTION

选择题材如同选择爱人,是一个如此私密的决定。

作出决定,并在那一瞬间说出"我愿意",意味着某种更为深沉的认识。我与你相遇,而后从梦里,或者从别处的生活中,或者只是从数年前咖啡馆里的惊鸿一瞥,再度分辨出你的存在。

那偶然的一瞥,那将会相遇的预兆,那相遇之后的回眸,在潜意识里构造着题材。但这一切都是在潜意识里悄然进行着,直到某个平凡的瞬间,忽然浮现出来,在日光下展露它的面影。

当我受邀选择一个神话原型"重述神话"之时,我立即意识到,我已经作出了决定。在放下电话之前,阿特拉斯背负苍天的故事便已跃然心头。如果没有这个电话，也许我永远也不会写这个故事；但电话一旦响起，这个故事便呼之欲出，渴望着进入写作。

再创作。《重量》不断重复的题旨就是"我想把这个故事再从头说起"。

这本书是一次"故事新编"。我偏向于选取大家似曾相识的故事，以不同的方式表述它们。重述将会带出新的立足点或偏好，新的行文方式也要求将新鲜的素材加入已有的文本。

《重量》不仅是关于阿特拉斯受罚以及赫拉克勒斯从他肩头接过苍天时感到片刻轻松的简单故事。我试图诠释孤独、孤立、责任、重负和自由，故事的结尾十分特别，你将不会在其他任何地方看到同样的结局。

自然，我的写作直接来自我的个人经历。不可能有别的选择。

《重量》是一个个人化的故事，打破了神话的庞大叙事风格，也不同于我曾经一再聆听的任何神话。我用第一人称来写作这个故事，的确，几乎我所有的作品都是以第一人称叙事，这引来了关于作品是否是自传的话题。

是否为自传并不重要，真实才是最重要的。作者必须燃烧自己的灵感，熔炼素材，将各种迥然不同的元素融为一体。我相信，在写作的过程中，必然伴随着自我暴露的成分，还会出现不少缺陷，这并不意味着那就是作者的个人忏悔录或者回忆录。很简单，那就是真实。

时至今日，作为群体存在的人类对于他们的所谓"真实"产生了可怕的贪欲。无论是电视真人秀或是低级乏味得如档案记录的小说，还是较好的情形——那些真实节目、自传以及所谓的"真实生活"，它们都已经取代了原有的想象空间。

这一情形给内心生活带来了恐惧，给崇高、给诗意、给沉思、给文化都带来了恐惧。

我与它相对而立。我是这样一个作家——相信故事的力量来源于它自身的神秘，而非叙事技巧；相信语言胜于知识，要像齐格弗里德划过莱茵河的急流那样拼力划过潮流。

神话丛书是叙述故事最绝妙的方式之一。为了故事自身而重述神话，并在其中寻求人性的永恒真相。我们能做的一切就是把故事讲下去，并期望有人倾听。期望在那些无穷无尽、支离破碎的新闻和名人闲话的喧哗梦魇中，还能有另一种声音被人倾听，那是关于精神生活和心灵之旅的声音。

是的，我想把这个故事再从头说起。

在漫长的年月里，沉积岩形成了。页岩缓缓沉积，在大海的深处积聚。

堆积成型之后，沉积岩通常按成层结构水平分布，最古老的地层将会沉积在最底部。在沉积岩分层里，每一层都原封不动地保存了当时的动植物化石。

沉积岩的页岩如同书页，每一页都记下了不同时代的生活。不幸的是，这份记录远非完整。沉积岩的堆积进程会被新的地质周期打断，页岩无法按层构成，已有的沉积岩也可能会被侵蚀。地层出现扭曲、折叠甚至被巨大的地质力量完全翻转，岩层分界变得模糊不清，地壳隆起造成山峰时就是如此。

沉积岩的页岩如同一本书的书页……

每一页都记下了不同的时代生活……

不幸的是这份记录远非完整……

远非完整……

我想把这个故事再从头说起。

目录
CONTENTS

12
我想把这个故事再从头说起
I want to tell the story again

17
世界之重
Weight of the World

30
赫拉克勒斯
Heracles

45
思想之蜂
Thought-Wasp

57
三个金苹果
Three Golden Apples

67
无路可走
No Way Out

解放普鲁米修斯
But Through

73

挑战自我
Leaning on the Limits of Myself

80

一个人的火星
Private Mars

84

一代英雄
Hero of the World

88

天狗之吠
Woof

97

界限
Boundaries

102

欲望
Desire

107

我想把这个故事再从头说起
I want to tell the story again

120

温特森作品列表
A List of Winterson's Works

122

我想把这个故事再从头说起

I want to tell the story again

但凡自由的人,决不为逃避而忧虑!

太初之时,天地空无所有。既没有空间,也没有时间。那时,你若把整个宇宙扔给我,我用单手就可以接住——既然宇宙本身并不存在,承受它也就轻而易举。

但这种令人愉悦的"空无所有"在一百五十亿年前终止了。对于这个陌生的时间期限,我也不过是在人们那些射线般辐射开去的窃窃私语中有所耳闻。这是那次天地巨响复归于沉寂之后所留传下来的唯一声音。

你所指的包括什么?死亡。时间。在你肉身之内流转嬗变的千万年宇宙之光。在每分每秒之间,在每个个体之内,数以百万计的钾原子正在不断衰减。自从宇宙大爆炸无中生有地创生出世界,能量就已经储存在钾原子之中,永不止息地继续着衰减这一原子运动。钾,与铀和镭相类,是一种半衰期很长的放射性元素,诞生于超新星爆炸时期,它决定了人类的起源。

你的第一个先祖是一颗星辰。

那是一个炽热如地狱的时期。那就是地狱——如果"地狱"是我们所热爱的生命无法生存栖居之地。这永不止息的宇宙之火和撕心裂肺的火山爆发，刻入人类历史，成为人类的终极敬畏。人类所创造的所谓"地狱"是一个已知的地狱。而真正的地狱意味着：未曾知、无所知、不可知。科学史将生命发源前的宇宙称为"冥府地狱"，即冥古宙，而后生命开始了。所谓生命，绝不仅仅是自我繁殖的能力。在火山熔岩和多坑岩之中，便可找到生命意欲成为生命的迹象。原初、几乎、可能——在所有似是而非的可能性之中，不是金星，不是火星，而是地球。

——是地球。因她如此渴望生命，最终是她得到了它。

且把时间追溯到数十亿年前。真正的奇迹发生了，这就是故事中令人不可思议的戏剧性因素——地球上出现了最初的细菌生物。那时空气中还没有氧，这些细菌都是厌氧生物——氧气对于它们如同毒药。它们像一颗悄然爆炸的星子一般开始了静悄悄的进化，产生了革命性的新物种——蓝绿藻。光合作用开始进行，氧气诞生了，地球有了新的大气层。接下来的故事被称之为"历史"。

这并非全部。我能够给你列出寒武纪生命大爆发的一长串名单——大地变动、山脉形成，如同在草地上长出朵朵雏菊；在志留纪那些梦幻般神奇的日子里，海星和腹足动物出现了。大约四亿年前，抖落鳞鳍上咸涩的海水，第一只陆地动物爬出了温暖舒适的、布满巨大珊瑚礁的潟湖。三叠纪和侏罗纪属于恐龙，它们是重量级的杀手，像噩梦一般随处可见。而后大约在三四百万年前，出现了一个还不太确定但肯定是全新的世界，巨型动物猛犸君临大地；很可能，还有某种类人的动物！

地球变得无比炫目、令人惊异。地球上的每一天都是崭新的——哪怕对地球自身而言也是如此陌生。她未曾预设过这个世界，也无须猜测下一次奇迹的来临。她酷爱这种冒险和随机，彩票大奖似的抽出头彩的概率游戏。我们会遗忘，但她永远不会；我们想当然地认为这是一场胜者为王的故事，因为失败者已经消逝无踪、全然灭绝。这个星球上显得如此理所当然、不可避免的一切，其实不过是一次累积巨奖。在地球这颗蓝色的星体上，铭刻着巨大的奖金数额。

凝望世界，写下名单——岩石，沙砾，土壤，水果，玫瑰，蜘蛛，蜗牛，青蛙，鱼群，牛羊，马匹，雨水，阳光，你和我。这是一场盛大的生命试验。在这世上，还有什么更不可思议的奇迹呢？

现在，所有的故事碎片都已经拼好，携裹着泥浆和化石的遗迹。世界之书随时随地都能打开翻阅，年代学只是其中一种阅读方式，而且绝非最好的方式。

时钟并非时间。无论是岩层中的放射性元素所标定的"岩石时钟"，还是每个细胞内部螺旋状的DNA分子，它们都只能把时间叙述为故事。宇宙大爆炸之际，时间就像定时炸弹似的开始嘀嗒作响。在另一个百万年之后，太阳将会死寂，光芒将会消逝于茫茫太空；在大地上，任何一个地方都将陷于黑夜。

"跟我讲讲时间吧。"你说。其实，你要说的不过是："跟我讲个故事吧。"

那么，我就跟你讲一个一直无法放下的故事！

世界之重
Weight of the World

我的父亲是海神波塞冬。我的母亲是大地之母盖娅。

父亲喜爱母亲那强壮的形体，流连于她的地标和疆界。与她相会之际，他也找到了自己的界限。她坚实、可靠，仪态万千并且物产丰饶。

母亲正好相反，她爱他的自由无边。他的雄心起落不定。他冲涨、退潮、泛滥，而后重生。

波塞冬是男人之河，力量汹涌澎湃。他时常深不可测，有时也表现得冷静从容，但他从不停歇。

母亲和父亲拥有旺盛的生命力，他们本身就是生命。造化需要依赖他们，在空气和火出现之前便是如此。他们永不间断。他们丰饶富足。他们彼此吸引，无法抗拒。

他们都会突然爆发。父亲经常如此，而母亲则更为惊人。她有时静如岩石，但发怒时则是火山喷发；她有时静如沙漠，但地层却在翻天覆地。哪怕她只是向外扔一个茶杯，整个世界都会为之震颤。我父亲也会瞬间卷起一场海上风暴。母亲震怒着、咆哮着、摇撼着，长达数日、数周，甚至是数月，直到她裂开大地、摧毁城市，直到人类对她俯首敬畏。

人类。他们从不考虑人类。看看庞贝古城，人类留在船舱里、坐在椅子上，却已化为一具具惊恐万状的枯骨。

当父亲向母亲求爱时，她会轻轻地吻他、舔他。他嬉戏着，温暖着，在明亮的浅蓝色里等着她，略微向她靠近一点儿，又瞬间退开。每一次，她都能发现他留给她的一些小礼物：珊瑚、珍珠贝、长着梦幻般螺纹的贝壳。

有时，他长久不归，她陷入思念之中。滩涂上，鱼群在张嘴喘息，忽然，他转身归来，将她整个覆拥在怀。他们像两条美人鱼般相拥，在我父亲的巨大力量里，竟有一种女性的阴柔之美。大地和海水融为一体，仿佛与空气和火对立。

她爱他，他能让她自我呈现。他像是一面活动的镜子。他带她环抱世界，而她就是世界本身；他将世界高举给她，那美丽的森林、悬崖、海岸线和无际的旷野。她是他的天堂，也是他的敬畏，而这两样他都爱。他们一起到达从未有过人烟之地，那是唯有他们才能抵达、只有他们才能成其所是的地方。无论他去往何方，她永远都在他所在之处，他有如温柔的克制和严肃的暗示：大地和海水覆盖着地球。在他无法将她全部覆盖的地方，她却将他整个托起。面对着他的全部力量，她仍然强大无比。

我降生于世了。我是提坦巨人（希腊神话中的巨人，是天神乌拉诺斯与大地之母盖娅结合产生的神族及后裔，力大无穷。为了争夺统治权，提坦巨人跟奥林匹斯山上的众神发生激烈斗争，最终失败，并受到各种残酷的惩罚。）**中的一个，半人半神，是**

巨人族当中的巨人。我出生在一座岛屿上,在退潮之前,父亲能够守护母亲一整个昼夜。在这漫长的交融之中,每一个岩缝都如谜般难解,我的命运早已注定,我将是这一结合的致命产物。我如同父亲一般狂躁,像母亲一般沉思默想。我总是出其不意,令人猝不及防。我从不遗忘。我有时也会宽宏大量,悲悯如海水般冲刷着记忆。我了解爱,也懂得分辨爱的虚伪。但同时,我的善良天性又让我容易上当受骗。像我的兄长普罗米修斯一样,我也为逾越界限的背叛行为受到了惩罚——他是因为盗火,我则是为自由而战。

界限,永远是界限。

我一再重复这个故事。虽然我已经找到了别的出口,但围墙永不倒塌。围墙无所不在,我的生活只能步步为营;虽然我能够改变它的形状,但永远无法逾越它的存在。我穿越地道,似乎发现了一条新的出路,但出口却遥不可见。我只能返回原地,挑战着自我的界限。

这就是身体。这个未知的、封闭的个体小心地摄取所需物质以便生存下去,同时坚决地抵御着微生物的入侵。这就是身体。它的界限将在腐烂中烟消云散,此刻,它所争取的自由对它已经毫无意义。最终,尘归尘,土归土,身体与世界合为一体，无非就是如此。

这就是身体。我的身体是一个微缩的世界。我就是宇宙本身——所有一切，但同时我却不能逾越界限，甚至不比"无"多出一点儿。"无"为"无"所限。

"无"有着一种不太可靠的特性，那就是重力。

这是一个简单平淡的故事。我有一座农庄。我有一群牲口。我有一处葡萄园。我还有好几个女儿。我住在亚特兰蒂斯（古希腊神话中的富饶之国，据称亚特兰蒂斯分为十个国，阿特拉斯是其中的一个王位继承人。后来国王之间发动战争，试图征服全世界，惹恼了宙斯，让亚特兰蒂斯一夜之间消失于海底。亚特兰蒂斯文明的没落和消失是人类历史上的一大谜题。），我们一家完美和睦，有一个丰饶富足的母亲和一个引以为豪的父亲。提坦巨人无须向任何人弯腰屈膝，就连宙斯也不在话下，他的雷霆之怒在我们看来有如儿戏。

一旦我想要黄金珠宝，只管向母亲盖娅开口，就能如愿以偿。她像任何母亲一样宠爱纵容着儿子，向我敞开她无尽的秘密宝藏和地下洞府。

而若我想要的是巨鲸、港口、网满鱼肥，或是送给女儿们的珍珠，我就转向父亲索求。他十分尊重我，对我平等相待。我跟他一同潜入洋底，潜入那毁坏一切的火热激流之中。我们一同巡视沉船，驯服海豚。大地和海洋都是我不可或缺的家，当亚特兰蒂斯毁灭之际，我甚至感到了某种欢乐之情。那所谓损失，只不过是我父亲和母亲的一次相拥而已。我本来就一无所有。现在又重归一无所有。我倒宁愿一直如此。

界限，永远是界限，但却永远渴望着无穷无尽。

我建造了一座带围墙的花园，那是一处圣地，一所神圣的园子。我用双手搬来巨大的石头，仔细砌成墙垣，像一个谨慎的牧羊人，在墙上留出细小的通风孔道，让风吹过。一堵看似坚实的城墙是很容易倒塌的。哪怕我母亲处于睡梦之中，只要她发出一个小小的激颤，就能将它毁于一旦。真正的城墙会隐匿着一些秘密的、隐形的空隙，让那狂怒的大风消弥于无形。当大地在脚下战栗，这些隐秘的空隙会为分崩离析的移动留出足够的空间。这样的墙垣坚不可摧。墙的力量并不在于巨石而在于巨石之间的空隙。这或许是对我开的一个玩笑：尽管我力大无穷、劳作不休，但城墙却建立在空隙之上，建立在一无所有之上。让我再写一次：一无所有。

这座园子远近闻名。我的女儿，赫斯珀里德斯们（赫斯珀里德斯是阿特拉斯跟夜神赫卡忒的女儿，总共四位，守护着圣园。），守护着它，因而它以"赫斯珀里德斯花园"之名被称道。园子里有棵奇珍果木，在寻常水果中悦人眼目，那是我的母亲——大地之母盖娅送给天后赫拉的一棵金苹果树，作为她的结婚礼物。赫拉很喜爱这棵果树，特意请求我为她照看这所园子。

我听一些男人们传说，这些苹果都是纯金的，所以必须被小心看护。每个人都假定，对他自己最有诱惑力的部分也一定是被他人垂涎的理由。男人们迷恋黄金，追逐黄金并终其一生来守卫着黄金——尽管生命的价值要远远胜过任何金属。他们没有想过，既然我母亲对黄金都不屑一顾，那么，身为天后的赫拉就更没有理由对黄金孜孜以求了。不，苹果树之美不在于黄金，而在于它内在的天性。苹果不大，如同弥散着凤梨香气的珠宝，在暗绿色的繁枝茂叶间熠熠发光。这棵树独一无二。苹果树生长在园子的中心，每年赫拉会降临圣园一次，采摘它的果实。

一切看上去都十分美满，至少，我一直这么认为。直到某天，赫拉突然狂怒地出现在我面前，把我关进了一座惩戒所。

——是我的女儿们偷吃了神圣的金苹果。可谁能因此而责怪她们呢？想想看，那是一棵怎样的树啊！甜美的果实，芳华四溢；树下的草地凝结着傍晚的露水，雾气氤氲……她们赤裸着脚踝走过果树，口唇哪能不因渴望而张开呢？她们毕竟都是些无知少女啊！我看不出她们的这番作为会带来什么严重后果，但天神们对别人染指自己的财产都心怀憎恨。赫拉派了一条阴险的百眼巨龙拉冬来看守果树，以绝后患。

它长着一百颗脑袋，吐出两百条舌头，整天盘旋在园子里，满怀警惕地守望一切。我很讨厌它。它是我母亲暗夜里的一个梦，是被黑夜分娩出来变成了现实的梦魇。当我被驱逐出园子之时，我想，再也没有什么比这更严酷的事情会降临我的生活了。

可我错了。

我们一直在竭力避免提坦们与诸神之间的战争。至于这场战争究竟是怎样爆发的，传说中有好几个不同的版本。只有一件事情是确定的：原因最后变成了借口。这场战争持续了十年。

有些人传言，我的父亲是乌拉诺斯，我和我的兄弟们，尤其是克洛诺斯，一起阴谋背叛了他，并把他阉割了（在希腊神话中，乌拉诺斯和盖娅结合后，害怕孩子们会推翻他，将所有的子女都打入地下，令盖娅十分痛苦；为了削弱乌拉诺斯的力量，盖娅鼓动儿子克洛诺斯把他阉割了，将阳物扔进大海。）。没错，克洛诺斯的确割下了乌拉诺斯的生殖器，自己执掌了权柄。克洛诺斯也的确生下了宙斯，并重复了与父亲乌拉诺斯同样的命运——宙斯将他推翻，夺取了天庭的统治权。宙斯有两位兄长：哈得斯和波塞冬。当宙斯成为天庭君王之时，波塞冬也在海上建立了自己的王国，哈得斯则成为地下冥府的统治者。唯有大地留给了人类。

而恰好，是人类向静谧的亚特兰蒂斯发起了进攻。宙斯帮助他们，摧毁了我的国度。我逃亡出来，加入了反抗天庭的叛乱队伍。我成为战争的领导者，因为我失去最多而牵挂最少，已经无所畏惧。作为一个男人，既然已经无可失去了，还有什么可害怕的呢？

在漫长的战争中，我的战友纷纷被杀，我的母亲盖娅，违背了她的隐秘天性，把胜利许给了宙斯。提坦们的命运就此决定，他们被流放到大不列颠群岛，那里布满冷寂荒凉的礁石，比死亡更为残忍。我被宽恕了，因为我力大无穷。在某种程度上，我自身成为惩罚的一部分。

因为我热爱大地，因为我对海洋感到亲近，因为我对天体的位置和星辰的轨迹了若指掌，最后，还因为我足够强大。我受到的惩罚就是用我的双肩支撑整个宇宙。从此，我将接过整个世界的负荷，上及苍穹，下抵冥府。所有这一切都需要我的支撑，但没有一件事物从属于我。这就是我的重负。这就是我的界限。

那么，我的愿望呢？

无穷无尽的空间。

执行惩罚的时辰到来了。诸神已经准备完毕。女神们站在左侧，神祇们分列右侧。阿耳忒弥斯（宙斯与勒托之女，阿波罗的孪生妹妹，是月神和狩猎女神。)也在场，她束着马尾辫，露出有力的臂膀，低头拨弄着琴弦，以免看到我的样子。我们一直都是老友，经常一起狩猎。

赫拉带着讽刺的神情，远远地站在一边。她对此漠不关心，反正一切与她无关。

赫耳墨斯(神使，宙斯与迈亚之子，是商人和贸易的保护神。)显得心烦意乱，面色苍白。他讨厌麻烦事。在他身边，跛足的赫菲斯托斯(火神，锻造业的保护神，为众神铸造武器和铠甲，爱神阿佛洛狄忒之夫。)懒洋洋地躺着，一副萎靡不振的样子。他是赫拉所生的残疾儿，因掌管着金匠铺而被纵容无度。在他对面是他的妻子阿佛洛狄忒，她厌恶他残障的身体。我们虽然全都跟她上过床，但在表面上我们都待她宛若处女。她对我莞尔一笑。她可是唯一一个敢对我这样做的……

宙斯宣读了他的判决。阿特拉斯。阿特拉斯。阿特拉斯。我早就该知道，一切都会归到我的名下。我之名为阿特拉斯，它的意思就是"永远的受苦受难者"。

我弯下后背，绷紧右腿，而后跪下左腿。我低下头，掌心向上伸出我的双手，像一个投降者的姿式。此刻，我本来也无异于一个投降者。谁能够强大到逃避自己的命运呢？谁又能避开非此不可的必然性？

判决已下。马匹和公牛笔直向我狂奔过来，后面拖着宇宙，像一片圆盘形的犁铧。当那伟大的地球犁过无限之时，时间化为碎片，散落大地，为人间带来预言和预知力。有些碎片则散落天空，形成黑洞，在那里，过去和未来不可分辨。碎片散落在我身上，披覆在我小腿的肌肉和大腿肌腱上。我恍然回到创始之前的宇宙，恍然看到我的将来。我将永远在此。

宇宙越来越近，它的热气灼烧着我的后背。世界被安置在我脚底。

接着，天空和大地悄无声息地在我身旁出现，压在我的身躯上，我用双肩支撑着它们。

我几乎无法呼吸。我无法抬起脑袋。我试图稍微动弹一下，或者开口说句话。可我发不出声音来，只能像山脉般静穆无言。我很快获得了"阿特拉斯山脉"的称号，不是因为我的力量，而是因为我的沉默。

在颈椎的第七关节处，掠过一种不可名状的疼痛。我的肌体上所有柔软的部分都已经硬化。时间是我的美杜莎（希腊神话中的蛇发女妖，凡是看见她眼睛的人都将变成石头，后被珀耳修斯所杀。）。时间正在将我石化。

我不知道这样弯腰驼背、沉默无言的石化生活过了多久。最终，我开始倾听。

只要我愿意俯耳倾听这个世界，我就能够捕捉到一切声音——无论是人类的对话，或是鹦鹉的喧闹，以及毛驴的嘶鸣。我能听到地下河急速流动、火把噼啪作响。每一个声音都变成了一种意义，我开始用声音为这世界重新编码。

听哪！这是一个百来口人的村落。每天一早，他们赶着牛群去往牧场；每到傍晚，他们又赶着牛群回家。一个跛足少女用肩担着水桶——我从提桶不规则的叮当声里分辨出她的残疾。一个少年正在射箭，"嗖""嗖"地射中靶子上的兽皮。他的父亲拔掉了酒瓶上的塞子。

听哪！这是一头大象被一队人马追逐的声音。在那儿，宁芙仙子（Nymph，希腊神话中的小女神，宁芙女神常以美丽女子形象出现，有时也会化身为树、水和山等自然之物。）变形为一棵树木。她的叹息化为树液溢出。

不知谁在翻越那个布满碎石的陡坡，他的靴子踩松了脚下的地面。他的指甲磨破了。他筋疲力尽，倒在一片山羊草上。他重重地喘着气，不久便进入酣睡。

我甚至能听到世界开始的声音。时光在我面前倒流。我能听到蕨叶从沉睡中伸展出来,我能听到池塘里的小生命咕咕冒泡。我忽然意识到,我不仅在背负这个世界,而且也在背负着这个世界的全部可能性。我不仅是在空间意义上,同时也是在时间意义上背负整个世界。我背负着它的错谬,也背负着它的光荣。我背负着它的已知之形,也背负着它的未知之数。

恐龙在我的头发里穿行,火山爆发在我的脸上留下斑痕。我已经变成了我自己背负之物的一部分。不再是阿特拉斯和世界,而是"阿特拉斯世界"。走过我,我就是大地,我就是你非走不可的道路。

听哪!那里的人们传讲着一个背天巨人的故事。每个人听了都在发笑。只有醉鬼和孩子们相信这个故事是真的。成人们只相信他们能相信的东西。我自己倒希望这个故事并不真实——我夜里睡觉,白天醒来,然后发现一切都已成过往云烟。但这只是痴人说梦。永远如此:右腿前伸、左腿跪下,我背负着这个世界。

赫拉克勒斯

Heracles

赫拉克勒斯从刚才倾听谈话的阴影里走了出来。

他来了。这个天下英雄，穿戴着他的涅墨亚狮皮盔甲，晃动着手中的橄榄枝棍子，他来了。

"阿特拉斯，来，喝上一口。老伙计，看来我们都过得苦不堪言。对你的惩处是罚你力撑苍天，对我的惩处是罚我为一个卑鄙者做工。"（赫拉克勒斯被罚为国王欧律斯透斯完成十二件艰巨任务，后被称为他的"十二功绩"。）

"你想怪罪谁呢？"阿特拉斯说，"你的父亲宙斯似乎跟此事无关，还是怪罪你的后母赫拉吧。"

"我谁也不想怪罪。这就是命运。"赫拉克勒斯说，"看，你的名字的意思是'长期受苦'，我的则是'赫拉的荣耀'，既然如此，我还是或多或少有那么一点特权。毕竟，哪个女人会喜欢自己丈夫的私生子呢？我的父亲宙斯是凛凛天神，可我的母亲阿尔克墨涅（她是英雄珀耳修斯的孙女，底比斯国王安菲特律翁的妻子。）却是肉身凡胎。赫拉一时被蒙骗得晕了头，就让我吮吸了她的奶水。后来她一直耿耿于怀。女人不喜欢让陌生人碰触自己的乳头。"

"可她毕竟派了一条毒蛇，想把你弄死。"（在希腊神话中，赫拉十分嫉恨这个孩子，当赫拉克勒斯还在摇篮里时，她便派了两条毒蛇去杀害他，但两条毒蛇都被他扼死。）

"我在摇篮里就把它扼死了。我那时太年幼了,还不懂得记恨。"

"然后她让你发疯了。"

"很多男人都会被某个女人弄得发疯。"

"只有疯子才会到这里来。"

"我来是为了寻求你的帮助。"

帮助。他到这里——到世界的结合处来寻求帮助。天空和大地在此交互折叠,紧紧毗连,他带着双倍的苦恼来寻找帮助,因他有着双重的天性——神性在他人性的肉体里折叠交织。

"你想寻求何种帮助?"

"说来话长。"

"说吧。反正我不会走开的。"

"好吧,"赫拉克勒斯说,"如果你拥有这个世界上全部的时间,那我就可以开始了。"

不忠是男人的本性。对男人而言,这不算什么过错,因为天性不能算是一种过错。哪怕筑起围栏高墙也无法阻挡男人的背叛。责怪他们不忠就像责怪水是水一样荒谬。哪个男人或者神祇会满足于自己已有的一切？如果他真的对此心满意足，那他就根本不可能跻身于神祇的行列！更不可能被称为男人了。

阿尔克墨涅美貌非凡，宙斯伪装成她丈夫的模样，跟月亮悄悄地打了个招呼，就跟阿尔克墨涅上了床。结果月神让那一夜整整持续了三十六个小时。他带给她无上的愉悦，而愉悦最后带来一个儿子——这就是我，赫拉克勒斯。为了保护我，让我免遭赫拉妒火中烧而下的毒手，宙斯用诡计哄骗赫拉给我哺乳。尽管只有一次，但我已经获得了不朽的神性。赫拉可以用尽办法来伤害我，但她已经伤不到我。她唯一能做的就是想方设法羞辱我。

她是女神。但只要她是女神，就始终脱不了女人的本性。

年轻的时候，我颇有点自负。我杀戮无数，对幸存者穷追不舍，不留一个活口。后来，赫拉拿定主意，让我发了疯。在我疯狂之际，我竟然亲手撕裂了六个亲生孩子的躯体，令我悔恨万分！我还杀死了帐篷里所有的客人，而我甚至连他们的名字都一无所知！阿特拉斯，这是多么可怕的暴行！我曾经一直遵守着自己的原则，哪怕酒后也不曾乱过性。我去了德尔斐神庙，寻求解脱之道。德尔斐的先知传达神谕，命我为欧律斯透斯（欧律斯透斯是珀耳修斯的孙子，赫拉帮助他抢在赫拉克勒斯之前出生，成为国王。）服务。这个阳痿、蠢笨、浑身都是酒酸味的欧律斯透斯，这似乎是对他的一种补偿——我必须为他服役十二年，任劳任怨地满足他的一切要求。尽管那家伙是那么赢弱不堪，而我强大无比，我却不得不替他干活！我受令既不能把他撕裂，也不能把他杀死。因为他是我的主人！为了这个可鄙之人，我已经杀死涅墨亚巨狮，弄死九头蛇怪希德拉，抓住阿耳忒弥斯的牝鹿，生擒那只巨大无比的厄律曼托斯野猪，清洗臭烘烘的奥革阿斯牛圈，赶走斯廷法罗新湖吃人的怪鸟，制伏克里特公牛，驯服狄俄墨得斯的食肉牝马，从亚马逊女王希波吕忒的尸身摘下腰带，牵回革律翁的牛群（至此，赫拉克勒斯历数自己十二功绩当中的十件大功，还剩下取回金苹果和牵回冥府之狗两件功绩。）。现在，我要去完成第十一件任务，所以就来找你了。

果子。

我不是说过，赫拉想要羞辱我嘛！我身为一个盖世英雄，她居然让我像猴子似的赶着去摘果子！

阿特拉斯，你听明白了吗？我的"阿特拉斯山脉"，我的老伙计，我不得不去摘取赫拉的金苹果——就是在她嫁给宙斯时，你的母亲盖娅送给她的礼物——那棵金苹果树上的果子。它种在你的园子里不是吗？你应该还有钥匙吧？你不会把园子留给了你那些嗜血成性的赫斯珀里德斯女儿们吧？阿特拉斯，我可不会虚情假意地奉承她们，在需要集中注意力的时候，我对女人都是非常冷面无情的。再闲扯几句，你的另一个女儿卡吕普索（海中女神，把奥德修斯强留岛上七年。），把那个傻瓜奥德修斯（《荷马史诗》中的英雄，伊塞卡国王，在特洛伊战争中献木马计攻克特洛伊。）扣在她的私室里，她会让位离开吗？我看绝对不会。因为赫拉本人不会让他离开。奥德修斯像抹了油的公猪一样狡猾，但卡吕普索却像烤肉扦子一样把他给杵在岛上了。阿特拉斯，我得说一句，你的女儿们可真多，你最好把她们全部给嫁掉。

话说回来，阿特拉斯，如果你真有钥匙的话，干吗不帮帮你的老朋友赫拉克勒斯呢？你可以威风凛凛地大踏步过去，帮我摘下一两个苹果，当然最好是三个，老兄，就帮我摘三个金苹果吧。我会帮你从肩上接过苍穹，替你扛一会儿宇宙。多么公平的交易。

阿特拉斯沉默不语。赫拉克勒斯撕开一袋葡萄酒，扔给阿特拉斯。他们开始喝酒，赫拉克勒斯注视着眼前这位撑天巨人。尽管赫拉克勒斯是私生子出身，但他是这个世界上唯一能够替阿特拉斯背天的人。他们俩都心知肚明。

"然而，百眼巨龙拉冬守着苹果树，"阿特拉斯开口了，"我惧怕这条恶龙。"

"什么，你会怕那条没用的假蛇？那个长着一百颗脑袋的探子？嘶嘶，嘶嘶，它每条舌头好像都在问问题，而每句回答都言之无物，只能听到一片嘶嘶嘶嘶的声音。拉冬算不上什么怪物，它顶多就是一个旅游观光景点。"

"我说过了，我惧怕它。"阿特拉斯说。

"跟你说，我遇过到比拉冬可怕百倍的怪物！"赫拉克勒斯说，"想想九头蛇怪希德拉，现在它已经在地下变成蚯蚓了。当初，砍掉它的一个头，马上又会长出另一个头来对你怒目而视。这事就像结婚一样，去了一个又来一个。弄完金苹果这事之后，我还得下到地狱冥府，拖出那只蠢模蠢样的三头狗，叫什么来着？刻耳柏洛斯（刻耳柏洛斯是冥府的守门狗，生有三个脑袋和一条龙尾，口涎剧毒无比。）？三只脑袋，排满利齿，就是那家伙。怪不得死人从来收不到信，有这样一条恶狗挡道，还有谁敢去寄信呢？不过，我肯定会制伏它的，就像制伏克里特公牛那样。阿特拉斯，你得面对面地盯着它们的眼睛看，让它们知道谁是强者。"

"可拉冬有两百只眼睛！"阿特拉斯提醒他。

"两百也好，两百万也好，对我来说都一样，因为我是赫拉克勒斯！我这就去把它杀了，回来的时候顺便给你带点儿吃的。"

然后，他走了。这个天下英雄，身材粗壮，一如他手中橄榄枝做成的棒棍。他会是一个笑话还是一个神话？在他身上具有力量和毁灭的矛盾双方，他既是笑话，同时也是神话。不知道是其中哪一个因素——力量还是毁灭，将导致他的死亡。会是哪一个呢？

赫拉克勒斯从赫斯珀里德斯花园的围墙上跃了进去。他倒是拿到了钥匙，不过门锁已经锈迹斑斑，无法开启。赫拉克勒斯始终觉得，在阿特拉斯的地盘上，不宜像个暴徒似的胡作非为。

园子里树木浓密，杂草丛生。赫拉克勒斯毫不留情地踩过果子，走向光芒闪烁的园子中心。赫拉的金苹果树就在那里，枝繁叶茂，结着硕果。

拉冬就守在树下。它蜷曲着身子，乍看像一堆蚯蚓粪。拉冬，是条长着人舌的恶龙。它像人一样两面三刀、冷酷无情，而且个性乖谬。

赫拉克勒斯向拉冬打了个招呼："喂，你！你这个装满毒物的大口袋……"

拉冬睁开了五十六只眼睛，但没有动弹。

"别在我面前装死了，拉冬。活泼一点儿吧。"

拉冬身上波纹骤起，浑身鳞片鸣响，发出细微的乐声。它的头部发出铙钹般的重音，而长着细长鳞片的尾部则发出钟鸣或者三角铁的声音。它在赫拉克勒斯面前叮叮当当响个不停。

"赫斯珀里德斯的女孩们很久没有割草了,是吧?"英雄赫拉克勒斯看了看草地,挺立如高塔,"好像很久没人来过了。"

"我独自栖居在此。"拉冬说。

"我从不在任何地方栖居,"赫拉克勒斯说,"年复一年,我永远都是在路上。"

"我听说了。"拉冬说。

"是吗?那你还听说了些什么?"赫拉克勒斯看似不经意地发问。

"听说你触犯了诸神。"

"胡说,完全是夸大其词。只是赫拉不太喜欢我而已。"

"她恨你。"拉冬补充道。

"好吧,她恨我,那又怎么样?"

"这是她的果树,这是她的金苹果。"

"我来这里,就是要摘走她的苹果。"

"你会受到诅咒的。"

"我已经受到诅咒了。再受诅咒还能坏到哪里去?"

"赫拉克勒斯,回家去吧。"

"我无家可归。"

拉冬暴跳如雷，在那棵圣树下猛然展开它庞大的身躯。它的百口喷发出毒液，它的百眼闪烁着恶光。赫拉克勒斯猜想，也许这就是预言中那致命的毒液——如果不是，那也逃不过下一次。在他从赫拉那里吸到奶水之后，赫拉曾发出诅咒，作为报应，总有一天他会死于毒液。那时他还是个婴儿，睡在母亲的羊毛襁褓里，但他已经领略到人心叵测、世事险恶。赫拉派出毒蛇来杀害他，但被他扼死了。从那之后，他开始避免与茶杯和酒杯接触。他已经击败了希德拉。他也将击败拉冬。他不会死于今日，但他终有一死。

有时他觉得生命很奇怪。所谓生命，就是逃避死亡。

赫拉克勒斯藏身于蓬乱的草木丛中，躲避着拉冬的怒火。拉冬快速掠过荒草地，扫过废弃的栅栏和篷架。赫拉克勒斯越退越远，最后退到了墙角。那里藏着他的弓箭。

他站稳脚跟，拉开弓射出一箭。

"拉冬，你这爬虫，我在这里！"

毒龙拉冬狂怒地竖起脑袋看过来，这时，它柔软的喉咙恰好暴露在赫拉克勒斯射出的箭镞之下。箭镞射穿了它的咽喉，拉冬倒地死去。它那没有眼睑的眼睛变得黯淡无光，它那爪子无力地垂了下去。

赫拉克勒斯熟知龙的本性，知道它们经常以假死来逃避被俘。他小心地走近拉冬的尸体，朝它布满鳞甲的尾巴砍去。拉冬的鳞甲像铠甲一样厚实，而赫拉克勒斯却没有铠甲，只系着那件涅墨亚狮皮做成的衣服——他曾轻而易举地剥下了涅墨亚的狮皮，不过，那已经是很久以前的事了。

那一瞬间，赫拉克勒斯的思维沉陷于生存与死亡之间，没看到赫拉正站在他的面前。他突然感到了一滴雨水，滴到他皮肤上的汗水之中。他抬头，看到赫拉就在眼前。他的梦魇和他的梦想。

赫拉显得美丽动人。她是如此美艳，就连赫拉克勒斯这样的暴徒都不得不为之折服，为自己还没刮过脸而略感不自在。她就像一面镜子似的，让他恍然看到自己的模样：身强力壮、伤痕累累。他既害怕她，又爱慕她。他的阳物不断勃起和收缩，就像风箱似的。他想强行占有她，但又缺乏胆量。

赫拉的眼里充满轻蔑之情，还有一抹淡淡的嫌恶感。

"赫拉克勒斯，你非得这样杀戮？"

"不是杀就是被杀，你有什么可谴责我的。"

"那我该谴责谁？"

"谴责你自己吧！一切都是被你挑起来的。"

"你错了，一切都是被我丈夫宙斯的背叛和你的残暴挑起来的！"

"别忘了是你让我发疯的。"

"我可没让你杀死自己的孩子。"

"一个男人发疯的时候是没有理性的!"

"而一个男人残暴的时候也是没有人性的!"

"赫拉,是你决定了我的命运。你是我的命运,正如我是你的奴仆。"

"神祇没有命运。赫拉克勒斯,你太像凡人了,根本配不上不朽。"

"赫拉,而你太像神祇了,从来不知餍足。"

"除非摆脱了你,我才能称心如意。"

"那就杀了我吧。现在就把我杀了。"

"赫拉克勒斯,你会毁在自己的手里。"

"但看来你会帮我一把?"

"如果你把我看成是你的命运,那是因为你的内心太过软弱。"

"没有任何人能永远强大。"

"但也没有任何人比你更为脆弱。"

"你是在用谜语跟我说话。"

"那好,我明明白白地告诉你,英雄是不可能被这世界打垮的。他的结局必须是自我毁灭。赫拉克勒斯,你不会因为在路上遇到的一切而受创,但是会因为你就是你而丧命。"

赫拉向前走了几步。她的身姿曼妙,她的头发闪亮,她的四肢雪白。她轻轻地捡起拉冬，就像捡起一件玩具。她把它扔向天穹，让它在那里化身为永恒的星座。

这个动作让她不小心露出了双乳。

"好啦，赫拉克勒斯，你怎么还不去摘苹果？"

赫拉克勒斯走上前，用他的手指碰触着赫拉的乳头。它变硬了，并濡湿了他的指尖。他继续触弄着它，拇指搓揉着她的乳晕。他想要吸吮她的乳房。

赫拉把手掌盖在他的手上："去采苹果，赫拉克勒斯。"

他猛然醒悟，向后退开。黑心肠的赫拉正对他笑着。他忽然记起来，他曾被警告过，决不能自己去摘那树上的果子。他必须让它们留在枝头。一定要让别人来帮他采这果子。

他向后退开。她袒胸露乳。为什么不现在就死去，让这不可避免的死亡还能带上一点儿欢愉？他可以占有她，把自己的利器刺入她的身体，然后被她杀死。他将死在她那仇恨的洞穴之内，让她感受到他的死亡。她将感受到他在她体内最后的跳动。

他开始手淫。她看着他。他的动作粗糙而熟

练，快要到达顶点时，她在他的嘴上亲了一下，离开了。

夜。

草地上，拉冬的痕迹仍然清晰可辨。它的形象在星空上闪烁发光。赫拉克勒斯独自坐在圣树之下。他不能再理解人生，或者更确切地说，他明白了这就是人生。一直以来，他埋头于接踵而至的每项任务，不关心孰先孰后。他面对挑战，一路前行。他做了被要求去做的一切，不多不少。这是他的命运。命运是无可置疑、无从思量的。

但今天变得截然不同了。在他的一生中，他第一次开始思索，自己到底在做什么，以及他是谁。

拉冬让他回家。如果他回家了，又会怎样？如果他当时便转身离开走出这园子，又会怎样？他可以改名换姓，远走高飞。他可以把赫拉克勒斯这个名字远远抛在身后，如同抛开时间留下的一个印痕——如同拉冬留在这里的印痕，当青草再青时，就将消退无迹。

如果他像折弯铁条那样折弯未来，会怎样呢？难道他不能折弯他的命运，让它在别处弯曲吗？为何他非要留在原地不动，像一头健壮华美的公牛劳作不休？为何他要负上赫拉之轭？生平他第一次想到，也许这正是他自己为自己负上的轭。

他仰望着星空，看到了巨蟹星座——那曾是他的另一个敌人，也被赫拉抛到天空化为星辰。当他与希德拉恶斗之时，一只巨大的螯夹住了他的脚趾。当时，他将巨螯碾为碎片。然而，令他心痛的是，他的敌人将永远闪耀天宇，永不碎灭。

巨蟹星座。在十二天宫图中，巨蟹星座是"家"的象征。

"回家吧，赫拉克勒斯……"

可他已经无法回去了。一切都已经太迟。

赫拉克勒斯从树底站了起来，手执拉冬的断尾，从园子里翻墙而出。他要去找阿特拉斯。在路上，他抓了一头酣睡的林中野猪，可以美餐一顿。表面上，他还是那个赫拉克勒斯，诡诈、敏捷、直率，并且没心没肺。然而，在他的内里，却有某个部分像被撕裂了。不是因为怀疑——对他要做的一切，他仍然不假思索。他的内里是被一个问题撕开了口子。他知道那是什么，但不知道那是为什么。

思想之蜂

Thought-Wasp

他们在星辰的微光下同吃，并展开了这场谈话。

"老兄，我们为什么要干这些事？"
"干哪些事？"
"你在这里力撑苍天，而我浪费了十二年的时间去抓巨蛇、偷果子。唯一有点意思的事情就是去追逐亚马逊女王希波吕忒，可在我俘虏她之后，她对我居然没有表现出任何兴趣。独立的女性总是这样。我也不知道哪种女人更好——是整天在你耳边抱怨不休的独立女性，还是那些对你过度关心的卑贱妇人？"
"希波吕忒后来怎么样了？"
"还能怎么样？我把她杀了。"
"我以前见过她一面……"
"那真是对不住，老兄……"

他们的对话出现了片刻停顿。阿特拉斯沉默了。赫拉克勒斯继续喝着装在另一个皮囊里的酒。他宁愿不去思考任何问题。思想像一只大黄蜂，围绕着他的脑袋嗡嗡飞行。
"阿特拉斯，我想说的可以归结为一句话——为什么？"
"没有为什么。"阿特拉斯回答。
"这正是问题所在。"赫拉克勒斯说，"总是有一个'为什么'，不是在这儿，就是在那儿，或者在那儿……"他敲着自己脑袋的一侧，试图压扁正在他脑子里嗡嗡作响的思想。

阿特拉斯来了一段长篇大论：

"像我这样躬下身子支撑这个世界，就能听到人们的全部生活，听到他们患得患失，质疑各自的命运，而我知道得越多，就越没有意义。我听到他们计划明天的生活，却在当晚就一命呜呼；我听到一个女人呻吟着分娩，而孩子生下来却是死胎；我听到被俘的男人惊恐万状，却立时得到了自由；我听到一个商人从海上满载而回，却在回家的路上被洗劫一空，什么都没有剩下。没有为什么。这就是神的意志，这就是人的命运。"

"可我是世上最强大的男人。"赫拉克勒斯突然宣称说。

"除了我之外。"阿特拉斯插言道。

"可我却得不到自由……"赫拉克勒斯继续着自己的思路。

"根本就不存在所谓的'自由'。"阿特拉斯再次打断了他，"自由是一个从来就没有存在过的虚假王国。"

"对我来说，自由即家乡。"赫拉克勒斯说，"家乡就是你想抵达之处。"

赫拉克勒斯试图摆脱自己的阴暗情绪，回到了"强大"

这个话题。

"阿特拉斯,你居然认为你比我更强大?你能在你的阳具上摆平非洲吗?"

阿特拉斯不由得笑了。这对地球真是一场灾难,大地立刻起了一阵深深的震颤。

赫拉克勒斯已经掏出了自己的雄性器官,并猛烈地用力促使它直立起来。

"快,快把它给我拿过来!让整个大陆都在我的胯下噼啪作响……"

阿特拉斯说:"你已经喝醉了。"

"今天下午我见到了赫拉。这个不知餍足的贪婪女人。你知道银河的传说吧?那你就该听说过,我从她那里吸吮了乳汁之后,是如何把她的奶水喷溅成银河的。其实,那根本不是奶水,而是这玩意儿——当然像她这种女人是不会跟任何人说实话的。"

赫拉克勒斯快到顶点了。"到时候,这玩意儿会给喜马拉雅或是阿尔卑斯披覆一层积雪吧。对不对,老弟?"

他向后仰倒,播射出一簇星子来。

"好了,阿特拉斯,现在到你啦。"

"我腾不出手来。"

"我可以帮你的忙,反正我们都——"

"不行，我太累了。"

"阿特拉斯，你说话可真像个女人。"

"那你倒是来背负这个世界试试看！"

"告诉你，我明天就会这么做。我会像一头海豹似的，用我的鼻子顶着天。"赫拉克勒斯说完就开始打鼾了。

"晚安，赫拉克勒斯。"

阿特拉斯没有得到他的回应。

赫拉克勒斯的鼾声像炸雷般传递到他身子下面的世界。阿特拉斯凝视着——如同往常一样，凝视着无穷无尽的虚空，期望自己能够成为其中的一部分，哪怕只有短暂的片刻。

清晨来临，赫拉克勒斯实现承诺的时刻到了。这可是一个难题：赫拉克勒斯如何才能从阿特拉斯那里接过整个宇宙而不致倾覆。他们经过一番商讨，找到了解决办法：赫拉克勒斯像一条交尾的蛇一样爬贴到阿特拉斯的背上，然后用自己的双肩撑住世界。

交接工作十分顺利。唯一美中不足的是，神祇们在床上翻身的时候，震落了一颗流星（大约像一个镇子大小），它冲向地球，并沉没在西西里岛附近。

阿特拉斯感到从身上卸下了一副极为沉重的负担。他转身向赫拉克勒斯道谢，发现他面孔涨得通红，像一只红石榴；他的肌肉被力量绷紧，硬得像石头。

"适应了就会越来越轻松的。"阿特拉斯安慰他。

"快去帮我摘苹果。"这是赫拉克勒斯唯一能够挣扎着说出来的话。

阿特拉斯揉了揉双腿和后背。他已经遗忘了直立的滋味。他伸了个懒腰，把胳膊拉开，两手伸过头顶，每个关节都在咯咯作响。阿特拉斯享受着背脊和斜方肌的彻底放松。他穿过天空，像踢石头似的踢着星星。他从云里走了下来，就像一个男人从雾里走下石阶。阿特拉斯回到了大地上。他的体态均衡俊美，包含着丰富的个性。他寻找着他的圣园。

他找到了它。

当阿特拉斯推开花园那座沉重斑驳的木门之后，一直高涨的情绪不免有些失落。那些连岁月都没能摧毁的东西，却被赫拉克勒斯和百眼巨龙拉冬共同摧毁了。圣花园里，大地已成焦土，被拉冬喷出的毒涎火焰烧得一片狼藉。圣园围墙成了断壁颓垣，这是赫拉克勒斯大力踢毁的杰作。墙边原来种了一排整齐的杏树树篱，而现在，那些钟形玻璃罩、那些支架、那些树桩和那些金属丝网全部都被毁坏了。剩下的果实都成了野果子，被虫子啃咬，被飞鸟啄食。那肥美的土地，是他曾经翻耕过、平整过的土地，现在长满了纠结不清的芒草。而他那间小房子，屋顶已被洞穿。

这座被毁的圣园似乎隐喻着在阿特拉斯的生活里，一切重要之物都已全部丧失。他的女儿，他的平安和宁静，他自己的思想，他的自由，还有，他的骄傲。阿特拉斯怒不可遏，抓起一把锈迹斑斑的钩镰，用皮革做的腰带把它擦亮，再用石头把它磨光。他开始清理这座荒芜的花园。

傍晚，阿特拉斯已经清理出一大堆枯枝和废物。他把它们统统堆在一旁，像一个火葬的柴堆。阿特拉斯把它们点燃，火焰高高腾起；连赫拉克勒斯都能感觉到脖子发烫，想弄明白阿特拉斯到底在折腾什么。浓烟滚滚而上，众神得知这不是燔祭的烟火，感觉受到了冒犯。而宙斯本人决定要干涉一番。他蹑手蹑脚地走进花园，把自己乔装成一个披着驴皮、长得又老又丑的苦力。

"赫斯珀里德斯花园的主人阿特拉斯，是你回来了吗？"

"你是谁？"阿特拉斯一边问一边往火堆里扔进一堆荨麻。

"我叫帕尔西墨纽斯。我是个小人物，身无长物，没什么可以跟你分享的东西,不过我倒很愿意帮助你。"

"你能给我什么帮助?"

"我可以给你一个忠告——宙斯为你定下让你负天的惩罚,他一定会把它坚持到底的。"

"你好像很了解宙斯嘛。"阿特拉斯说。

"我是一个非常严谨的人。"

"大部分平庸的男人都如此自称,这给他们的行为找到了借口。"

"那么,你又如何给自己的行为找到借口呢?"

"你可以告诉全能的宙斯,他的私生子赫拉克勒斯正替我背负苍天呢。"

宙斯对此一无所知,也不知道赫拉曾经到过花园。像所有女人一样,赫拉总是对丈夫守口如瓶,不愿泄露自己的私事。

"可赫拉克勒斯已经担当了对他的惩罚。"

"他能力强大,足够担当起我和他的全部惩罚,至少一时半刻不成问题。另外,他开始尝试着去思考问题了。"

宙斯大吃一惊。要知道,真正的英雄从不思想。

"赫拉克勒斯在思考什么问题?"

"你这个长得像一头蠢驴的家伙,倒什么事都想打听——你到底想干什么?"阿特拉斯开始怀疑这个来访者的真实身份,"如果值得的话,我倒可以告诉你——赫拉克勒斯开始思考他自己的存在。是的,赫拉克勒斯,就是这个全身都带着石头出生的人——甚至连耳朵眼儿里都是石头的人,昨晚问我,他为什么要服从神祇的号令。我觉得这个问题挺愚蠢,甚至连问题都算不上。不过,这可是赫拉克勒斯问出的第一个还算是个问题的问题——以前他最多不过就是问问'该走哪条路'或者'你结婚了没有'这类的话。"

"你是怎么回答他的?"宙斯问道。

"我没有回答。既然问题本身并不存在,那么同样也不可能存在答案。没有人能对诸神询问为什么。"

听完这番议论之后,宙斯终于松了一口气。他毫不怀疑,就算赫拉克勒斯现在有了思想,随后便会消失殆尽。他唯一害怕的是阿特拉斯的反应,他担心阿特拉斯会认真思考赫拉克勒斯这一盲目问题背后的本质。

"阿特拉斯,你的答复非常得体。我相信,宙斯本人将会盘查你这次小小的擅离职守。"

"我更相信宙斯对此一无所知。"

"或许你是对的。有些问题根本就没必要去问。如果我被人问起,'阿特拉斯现在在哪儿呢?'我会这样回答:'他就在他该在的地方。'"

宙斯说完,从他所坐的土墩上起身,向阿特拉斯鞠了一躬，离开了花园。不一会儿，他的身影消失在门外。阿特拉斯双手撑住墙，探出头去，探看这位来访者的去路。可对方已经消失得无影无踪，只留下一片细小的金粉印迹。

"这家伙肯定就是宙斯。"阿特拉斯思忖着，某种莫名的感觉袭来，搅乱了他的心境，但他无法说出其所以然。

此刻，赫拉克勒斯怏怏不乐。世界比他想象的更为沉重。他的力量强于行动而非忍耐。他更热衷于激烈而短暂的战斗，然后美餐一顿，睡个好觉。他的身体像阿特拉斯一样强壮，但他的天性却远不及他。就这点而言，他被赫拉不幸言中——赫拉克勒斯的强大力量只是他软弱内心的一层保护色而已。

没人会不自量力地跟他争辩——除非对方拥有两倍的身高、两倍的体重、两倍的脾气暴躁和三倍的狂妄自大。正因为如此，从来没人跟赫拉克勒斯争辩，否则就有可能被他碾为齑粉。所以，赫拉克勒斯一贯正确。如果他把自己的双轮战车拿去修理，那么，他会得到这样的礼遇："马上就好，赫拉克勒斯先生。我们一点儿都不忙，我们现在就动手……"实际上，外面众多马车正排着吓人的长队，可能要等到车轴朽坏才能轮上，而赫拉克勒斯的战车却受到特殊待遇，立即被带到了这条长龙的最前面。

修理厂为他免费修补车轮、清理战车。赫拉克勒斯早就把马车厢当成了垃圾箱，里面塞满了被他扔掉的葡萄酒囊，还有以前清理过无数次的、已经在里面做巢的斑鸠。

当然，这一切都没有关系，修理厂是不会介意的。

赫拉克勒斯坐在干草垛上，看着美丽的宁芙仙子画成的风光图画。在那边，战车正得到修整，重新修复各项功能，重新变得美轮美奂。不时有人过来向他索要签名，他就用一块骨头把自己的名字草草地涂鸦在蜡板上。他从来不需要为任何东西买单，如果有人胆敢向他挑战，他就把那人灭掉。他的生活就这么简单。他一直就是这么个简单的大孩子。

女人跟木头一样，都是等着被劈开并将带给他温暖之物。他乐此不疲：分开女人的两腿，让自己深入进去。从来没有一个女人拒绝过他。这就是他的魅力。

可这只不过是他的说法而已。从来没有一个女人拒绝过他，是因为拒绝过他的女人早就没了命，没法开口说话了。希波吕忒几乎逃过了这一死亡的宿命，但最后还是功败垂成。当他站在她枯萎的身体面前时，竟然感到了一丝怜悯之情。他已经追逐了整整一年的是她，还是阿耳忒弥斯（阿耳忒弥斯是狩猎女神和月神，也是处女之神。亚马逊女战士终身信奉阿耳忒弥斯女神。）的牝鹿？他的记忆已经模糊了。他只记得那是一场无比漫长而精疲力竭的追逐，希波吕忒是唯一一个能把他抛在后面的女人。她原本是能够逃脱的，但赫拉克勒斯请来了一群帮手——他的朋友们埋伏在山头，希波吕忒终于落到了赫拉克勒斯手里。

他站在她的面前，汗水滴落在她的脸上。他想温柔地抱着她，把自己的食物拿出来跟她分享。他甚至动了娶她的念头。他一边摇晃着棍棒一边问她，愿不愿意嫁给他。她回答说，终身不嫁是每一个亚马逊女人的信条。在赫拉克勒斯听来，这些话十分愚蠢，他意识到，眼前这个女人跟其他女人一样，永远不知道什么才是最适合自己的东西。他犹豫片刻，然后就像一个凡人敲碎沙漠里的仙人掌那样，动手敲碎了她的头骨。

鲜血涌到了他的脚边，漫过了脚背。在他的脚趾下，似乎某样东西在那里凝固成型了——那是一个被染成红色的小小印记。富人们从小偷手里收回自己失盗的财产时，就会在财物上烙刻那种印记。

可怜的赫拉克勒斯。赫拉的奶水和希波吕忒的血液。一个已经被抵押给女人们的男人。

赫拉克勒斯突然产生了一个十分不快的念头：假如阿特拉斯一去不返呢？

三个金苹果

Three Golden Apples

在圣园里，阿特拉斯去摘取那三个金苹果。

当他把手伸向第一个苹果时，他感到脚下的大地发出一阵低沉的声响。阿特拉斯紧靠着树干，稳住身体。树皮清凉如银，苹果坠落在他掌心犹如熔金。像是另有一人摘下了苹果，放到他的手里。他不安地环顾四周。没有人，只有凉夜。

阿特拉斯把果子放进口袋，去够第二个苹果，如此完美的苹果。这次他听到了一声叹息，如此清晰，他的胸口掠过一阵疼痛。他背部挨着树干，轻轻移动身体。一个苹果掉了下来，完美得不带任何印记，顺着他的身子滚落。他把苹果抓在手里。在他的掌心，一个微小的世界向他敞开了。

阿特拉斯久久地注视着它，似乎看到了果皮之内的大地，河流奔涌不息，从一地到另一地。爱在他心里生长起来，他带着笑容，满怀骄傲，可胸口又是一阵生命不能承受的痛楚。他想哭。他泪落如雨，泪水打湿了苹果。

此前，阿特拉斯从未有过感觉。他把自己从无休止的孤独里救赎出来的方式就是沉思。他自创数学谜题，以解题为乐。他画出日月星辰的轨迹。他努力去了解人类和神祇，并在内心建构出一部宏大的世界史。沉思把他从死亡边缘拯救出来，却让他丧失了感觉。在背负苍天之际，又有什么可去感觉的呢？——只有痛苦和重负。

注目着手里的微缩世界，他感到一种罕有的情感袭来。他甚至不敢去命名它。

赫拉克勒斯，他的力量里尚未揉入情感，却感到了一阵恐慌。他独自一人，没有火，没有光，没有炊烟的气息。没人听他的故事，没人陪他醉酒，也没人夸赞他。唯一陪伴他的就是在他脑袋边嗡嗡飞行的大黄蜂。这是一只有思想的黄蜂，嗡嗡不休地像在问："为什么？为什么？为什么？"

在圣园里，阿特拉斯放好了第二个苹果，伸手去采第三个。他脑边响起了一阵爆裂声。一道闪电锋利如锯，金黄如苹果，从最高的枝头削落第三个果子，猛地抛掷给他。阿特拉斯伸手去接，却倒在地上。苹果太沉重了，就像思想一样沉重。苹果就滚落在他身边，在那绿草地上，但他无论如何都拿不起来。

阿特拉斯惊呆了。他是大地之母盖娅的儿子，像她所有其他的儿子一样，每当他的身体与大地接触，他的力量就会成倍增长。他的弟弟安泰曾与赫拉克勒斯角力，经过一段很长的相持，安泰似乎已经稳操胜券——每次赫拉克勒斯把他摔到大地上，他都能获得新的力量，重新跳起来进行搏斗。

情急之下，眼看性命难保的赫拉克勒斯灵感忽现。他意识到必须把安泰高举过头顶，挤碎他的肋骨。这一招果然奏效。

但此刻，阿特拉斯在他自己的大地上，却无法捡起一个苹果。费了九牛二虎之力，他终于使苹果滚了过来，滚到他的头边。他盯着这个苹果。

阿特拉斯的流放生涯教会了他全神贯注。他曾经奔波于这个世界，像人类一样忙碌，集会、建造、耕种、酿酒、贩酒，聚敛珠宝财富，与强者对话。阿特拉斯，他曾是一个强者。

一个强者不会去关注什么。他不需要这么做。其他人会为他关注一切。

而后，阿特拉斯，宇宙的孤独者，世界的背负者，学会了全神贯注，去关注每一种声音，每一声叹息。他能判断出暴风何时来临，地震何时发生。他能嗅到撞毁的星体燃烧发出的废气。他能捕捉到哪怕是最微小的声音——一个男人在床上辗转，一只鸟雀在预警土狼的危险。他听到岩石把生物变成化石；他听到树木倒地，人类正在伐尽森林。

此刻，他躺在大地上，面向青草。他听到了来自冥界之下地狱深渊的怒吼，亡灵在那里聚集，其中有他好几个兄弟。他们憎恨死亡，向往生命；他们挤在永恒的地狱里，渴望着时间。

从前，时间永远不够阿特拉斯去做他想做的一切。而今，他已经进入不朽之列，永生作为惩罚降临到他头上。永生——永远重复同一个个体,永远重复同样的劳作。

他谛听着。他听到一个女人把甲虫捣碎做成紫色染料的声音。她将永远重复这个动作——难道还有别的选择吗?那就是她的工作。每到夜幕降临,她将去吃喝玩乐,或者唱唱歌、见见朋友,她的生活就是如此,永无变化。她在意吗?阿特拉斯谛听着,听她是否会发出叹息。没有。她没有叹息。她一边捣着杵一边哼着歌,她的心思在别处,在她的爱人处,在她的孩子处,在美好的日子带来的愉悦处。

就在这一刻,他是否愿意将自己的命运与她对换?把整个世界交给她,再拿起她的杵和臼?

他欺骗了自己。刚才,他为减去身上的巨大重负而哭泣,可这不是真的。他还是阿特拉斯。他还是宇宙之王,万物之奇迹。

这就是对他的狡猾的惩罚——它恰好满足了他的虚荣心。

他凝视着那个苹果。他第一次想到,也许他本人正是这一惩罚的同谋。他为何要去反抗神祇?他拥有的一切已经超过了他梦想的全部,他曾拥有王国,他还拥有权柄。没错,是神祇们煽动雅典人反抗亚特兰蒂斯人,可战争又能给他带来什么?他那些美丽的城市和港口全部沉入海底。他的宫殿沦为鱼群的装饰。再没有一个地方，能像他的世界那么完美。

为何他不能判定自己生活的界限？为何一旦他判定，他又如此痛恨这界限？

永远如此：界限，以及欲望。

在赫拉克勒斯的全部生命里，还从来没有这般惊慌过。他愿意接受一切挑战，唯独没有任何挑战性的挑战除外。他通过战斗自我了解。他通过敌人为自己定位。当他投入搏斗时，他能感受到肌肉用力隆起、血液涌向全身。而此刻，除了世界之重，他失去了其他所有感觉。阿特拉斯说对了，它对他而言太沉重了，他无法承受这重负。他无法承受这缓慢旋转的世界带来的全部孤独。

在圣园里，阿特拉斯发觉有人来了。赫拉戴着面纱，站在她的树下。

"阿特拉斯，"赫拉说，"你怎么躺在那儿了？"

"你是来惩罚我的吗？"阿特拉斯问她。

"捡起那苹果！"赫拉对他发出指令。

"我捡不了。"阿特拉斯为自己滑稽荒谬的处境苦笑了起来。

"阿特拉斯，你知道这是什么树吗？"

"这是你的树。是我母亲盖娅赠送给你的。"

"你可知大地之母最伟大的礼物是什么？"

"关于过去和未来的知识。"阿特拉斯回答。

大地异常古老，万物的知识都储藏于此——她保存着自时间开端之后所有事件的全部记录。对于时间之前的时间，她缄口不语，或者说，她的语言无人能解。而对于时间之中发生过的一切，她所记录的秘密代码正被逐渐破译。她的泥层和熔岩都在传递着过去的信息。

对于未来，她一再言说，但无人倾听。

"你已经摘下的苹果，分别代表你的过去和未来。"赫拉说。

阿特拉斯惊恐万状。他的未来正在他手指的指尖处，却沉重得无法挪移。

"第三个苹果代表现在，"赫拉说，"由你的过去绵延而来，并指向你的未来。它会是一个什么样的未来？阿特拉斯，这取决于你。"

"为什么赫拉克勒斯自己不来拿这果子？"

"赫拉克勒斯曾从我这里偷走过一次。他不可能再故伎重施了。"

"那你为什么要派百眼巨龙拉冬驻守此树？"

"每一个人，一旦摘取了树上的果子，就会成为神祇，像神一样洞察过去、未来和现在。"

"听起来这会是人类的福祉。"

"不，这恰好是对人类的诅咒。"赫拉说，"拿到了预知未来的果子，人类仍会生活在愚妄之中，因为这种洞察恰好会摧毁他们。人类的每一项发现，很快都将反噬自身。你的兄弟普罗米修斯不惜为人间盗火，而人类用这一馈赠做了什么呢？他们用来焚烧、摧毁彼此的庄稼和房屋。喀戎（喀戎是一个半人半马的肯陶洛斯族人，智慧博学，以足智多谋和医术高超而著称。他以放弃永生换取了普罗米修斯的自由，喀戎也是赫拉克勒斯的老师，后被赫拉克勒斯不慎以毒箭误中致死。）教给你们医术，你们用这一馈赠又做了什么？——毒药。阿瑞斯（古希腊神话中的战神。）给了你们武器，但你们除了用它自相残杀之外还有什么用处？即使你，阿特拉斯，身为一个半神半人，摧毁了世界上最美的城市。你宁愿毁坏地里的粮食也不愿让它被别人收割，你宁愿凿沉自己的船只也胜过让它落入仇敌之手。"

"是神祇们在我们中间发动战争的。"阿特拉斯反驳道。

"你以为这样就可以把自己撇清吗？难道不正是你配合了神祇们的工作吗？"

"你为什么要这样跟我说话？！"

"我想帮你作出选择。"

"我别无选择。"

"这就是当你在神祇们之间发动战争时说过的话。"

"我的确别无选择。这就是命运。没有人能逃避自己的命运。"

"阿特拉斯，你再看看这棵树。"

阿特拉斯侧转身子，望着那棵树。树木闪烁发光，他看不清那些果实。

"你选择了其中三个苹果。这是偶然和意外吗？"

"可那时树上只有三个苹果……"

阿特拉斯疑惑不解。他曾经见过这棵树上果实满枝,就像现在这样;可当他伸手去采摘苹果之际,树上只剩下三个苹果,他别无选择。

"这不是魔法,阿特拉斯。你看到的并不是树本身。你对世界的变化视而不见。这个苹果代表的所有过去都是你自己的,所有未来、所有现在也都是你自己的。你本来可以作出别的选择,但你没有。"

"我的未来非得如此沉重吗?"

赫拉回答:"那是你的现在。阿特拉斯,你的未来将日渐残酷,但并非不可改变。"

"我该如何逃离我的命运?"

"你必须选择你的命数。"

心思恶毒的赫拉蓦然消失,把阿特拉斯独自留在原地。他轻轻地把苹果拿到了手里。他忘了赫拉究竟对他说了什么,甚至不能确定自己是否认真聆听过。现在,他必须回到赫拉克勒斯那里,而他唯一的计划就是说服那个英雄继续多支撑一会儿整个世界。

无路可走

No Way Out

赫拉克勒斯睡着了。

他梦见了某个孤零的日子里某个孤零的片段。一个声音在某处被拨动，发出回响，而后消逝。他梦见自己，是百眼巨龙拉冬身上鳞片有如钟声般的和鸣，是九头蛇怪希德拉嘶嘶呼出的气息，是阿耳忒弥斯牝鹿奔跑的蹄音，是家畜发出的叫唤，是厄律曼托斯野猪的G弦，是狄俄墨得斯牝马的长啸，是斯廷法罗斯怪鸟歌剧式的花腔，是涅墨亚雄狮的低吼，是克里特公牛的咆哮，是穿过奥革吉斯牛圈的河流的喧哗，是三头恶犬刻耳柏洛斯的呜咽，是一个垂死妇人的临终叹息。

而后他又变成了他本人。他撕扯着自己的血肉之躯，仿佛那是一件可以脱下来的衬衣。他是他自身痛苦之声音。

赫拉克勒斯醒了过来，汗水涔涔而下。可他无法抬手哪怕擦擦眉毛。他目光散漫地看着面前的宇宙，星空寂静安谧。他想，如果他朝着整个宇宙大声呼喊，会有谁在？会有谁给他一个回应？

世界阒然无声——不，天地之间仍然留有唯一的一点儿声音，可那正是他所憎恨的。那就是一直在他耳边回响的"嗡嗡""嗡嗡"声。

"阿特拉斯！"他绝望地呼叫，"阿特拉斯！"这声音落在地球上，化为群山之上的雷声。

"别大喊大叫啦！"阿特拉斯说，"我听得见。"

他来了。他高大挺拔，面带笑容，就站在赫拉克勒斯面前。因卸去了一切重负而欢欣自由。赫拉克勒斯嫉妒得都快灼烧起来了。

"你拿到苹果了？"赫拉克勒斯刻意让自己的声音听上去镇静自若。

阿特拉斯把手伸进袋里，拿出了三个金苹果——它们依然闪耀着奇异的光芒。他说："赫拉克勒斯，我会帮你把它们送到欧律斯透斯国王手里。"

"老兄，不必麻烦你啦，"赫拉克勒斯说，"你已经圆满完成了自己的任务。"

"一点儿都不麻烦。"阿特拉斯回答。

"你不会光为了送这几个苹果，就千里迢迢地跑一趟吧？"

"也许还可以顺便去看看我的几个女儿。"阿特拉斯说。

（"该死的地狱呀，"赫拉克勒斯暗想，"他那几个女儿永远都不会让他离开的……"）

"你不会是已经累了吧？"阿特拉斯探问道。

"累？老兄，这怎么可能！我热爱这份工作，它能改变一下我的生活。这根本不在话下。"

"那就好，"阿特拉斯说，"我马上就走。你还有什么要吩咐我的？"

赫拉克勒斯感到焦灼不安。如果他大惊小怪地表达出来，也许反而会让阿特拉斯拔腿就走，他日后就不可能独自卸下这世界的重负，而要被阿特拉斯永远困在这里了。

"既然你问起来，我想，我倒是希望能在头上加块软垫，减轻一点儿负担。这该死的瑞士！"

阿特拉斯问："瑞士怎么了？"

"是那些山脉，老兄。它们粘在我的后颈窝上了。"

阿特拉斯是个心地善良的人，他不想看到赫拉克勒斯受伤。他从装着自己全部财产的口袋里摸索出一把厚厚的羊毛，把它们做成一个软垫。他向赫拉克勒斯俯身而下，在他背上寻找着合适的位置放下垫子。

"老兄，马塔角峰！"

"怎么了？"阿特拉斯问。

"你根本没法把垫子放在马塔角峰下面。我看不如这样,你先替我撑住几秒钟,我自己把垫子放在肩上,我们再各就各位。哦,注意别把苹果压烂了……"

阿特拉斯毫不疑心地点头答应,弯下身子,把三个金苹果放在整个宇宙的基石上。他轻巧地把苍天从赫拉克勒斯身上移开,扛到自己的头顶。

赫拉克勒斯飞快地捡起了三个金苹果。

"老兄,你最好让自己扛得舒服一点儿。我不会再回来了。"

阿持拉斯一时说不出话来。他看着赫拉克勒斯那张兴高采烈的面孔,意识到自己竟被他的诡计欺骗了。老谋深算的赫拉克勒斯也许没什么大脑,却足够狡诈。

阿特拉斯无计可施。他怒不可遏地想把整个宇宙掷向赫拉克勒斯,碾碎他的肉体,取消全部时间,让这个故事重新开始。

"好啦,阿特拉斯,你会自得其乐的。"赫拉克勒斯安慰着他。

阿特拉斯缓缓地将苍穹移到自己的双肩上,就像不敢让杯里溅出一滴牛奶那么小心翼翼。阿特拉斯又屈身在这重负之下了。看他把一切完成得如此优雅、如此轻而易举,还有某种特别的近乎爱情的温柔,赫拉克勒斯甚至在刹那之间感到羞惭。只要能够获得自由,即使必须让整个世界灰飞烟灭他也不会手软。现在,阿特拉斯完全可以那么做,完全可以毁灭整个世界,但他没有。赫拉克勒斯对他产生了一种敬重之情,对他的处境却无能为力。

"再见了,阿特拉斯,"赫拉克勒斯向他道别,"谢谢你了……"

赫拉克勒斯转身离开。他腰间系着雄狮兽皮,手里摆动着橄榄木棒,褡裢里装着那三个金苹果。他分开星斗,辟出道路,开始穿越时光的隧道。阿特拉斯看到了自己的过去、现在和未来,随着赫拉克勒斯的身影一同消失。如今,他的生命里再也没有区分、再也没有边界了。他已经一无所有,而一无所有不就是他曾经的梦想吗?

但是为什么,一无所有也会这么沉重,沉重得如同一无所有?

他转过头,片刻之间,他看不到背上扛着的整个宇宙了。或许,他背负的正是他自身,巨大而又沉重的自身,小我阿特拉斯绝望地举起那个世界之王阿特拉斯。

这一幻觉转瞬即逝。

解放普罗米修斯

But Through

赫拉克勒斯把金苹果交给了国王欧律斯透斯。

终于摆脱了这项繁杂的苦役，赫拉克勒斯心情愉悦地回到南方。他发现，"百门之城"底比斯（希腊神话中，赫拉克勒斯的母亲阿尔克墨涅是底比斯国王安菲特律翁之妻，尽管赫拉克勒斯是她和宙斯所生，但底比斯仍然是赫拉克勒斯的故乡。赫拉克勒斯出生之后，阿尔克墨涅担心他在宫中性命难保，把他放到田野之中，后来那块田野被称为"赫拉克勒斯田野"。）已经被冠以"赫拉克勒斯诞生地"的光荣称号。

无论是否真的光荣，无论是否真的诞生于此，总之，赫拉克勒斯很快就厌倦了城市生活。他拂去略显破旧的涅墨亚狮皮上的积尘，抛下他的丽裳华服和终宵欢宴，离开了底比斯，重新开始了大地上的漫游。后来，他抵达了高加索。这里囚禁着被锁链所缚的普罗米修斯，已经没有人能够算出他在高加索山脉度过的时日。

在清晨的第一缕阳光中，赫拉克勒斯看到一只狮身鹫鹰在天空盘旋。他意识到，自己已经来到普罗米修斯被缚的悬崖附近。每天早晨，鹫鹰都将撕碎普罗米修斯的肝脏；每到夜晚，他的肝脏又会不治而愈，继续经受这永久的惩罚。而他受此酷刑的罪名则是从众神那里偷盗火种。

赫拉克勒斯不想被发现，他隐身在一块石头的后面，盯着那只鹫鹰。它猛地向下俯冲，离地面越来越近，越来越近。

它尖利的喙在普罗米修斯的腹部啄扯、穿刺，撕开他饱受折磨的苍白肉体。

普罗米修斯的脸色显出极大的痛苦，他强忍着没有叫出声来。普罗米修斯紧紧绷直了后背，鹫鹰这时已经撕裂他的腹肌，把整个脑袋钻进了他的肚子里，用力撕扯他的肝脏。它的两只利爪把普罗米修斯的髋骨当成落脚点，一边翻寻着他的内脏，一边拍打着巨大的翅膀保持在空中的姿态。

普罗米修斯的伤口血如泉涌，肝脏一半露在外面。鹫鹰猛地用力一扯，普罗米修斯终于痛得叫了出来。鹫鹰扶摇而上，肝脏在鸟喙上颤动，鲜血点点滴落，在血迹斑斑的岩石上加添了新的血痕。

普罗米修斯昏厥过去。

赫拉克勒斯从隐身处走了出来，用皮囊盛满水，递到普罗米修斯唇边给他喝。普罗米修斯苏醒之后，向赫拉克勒斯致谢。赫拉克勒斯同情地为他遮盖伤口，替他挡住烈日的灼射，并驱赶那些终日折磨着普罗米修斯的蚊蝇。普罗米修斯向赫拉克勒斯打听兄长阿特拉斯的消息，赫拉克勒斯蓦然回忆起在分别时刻，阿特拉斯那无限的柔情，去继续承受整个世界不可承受的重负的柔情。赫拉克勒斯不由也带着几分柔情，为普罗米修斯拂去额头上的汗水，并答应他去跟宙斯求情，终止对阿特拉斯的这一严厉惩罚。

赫拉克勒斯不仅言辞慷慨，而且立即付诸行动。他给普罗米修斯留下一瓶水和一枝芦苇，离开了高加索山脉。

每当赫拉克勒斯有所欲求之时，他通常都会从狂呼乱叫开始。

"宙斯！我父宙斯！"他的吼声从山顶翻滚而下，冲击着山岩，被震落的碎石轰然滚向山隙。

此刻，宙斯和赫拉正在一张黄金躺椅上缠绵。赫拉扬了扬一边的眉毛，露出了一个自得的笑容，继续跟宙斯取乐偷欢。

赫拉克勒斯恼羞成怒。对于用吼叫得不到的东西，他会挥动他的木棒来提出要求。他飞跑到最高山峰的顶端，完全无视赤日烈焰，开始敲击天空。

诸神听到一阵骚乱的声音，还以为提坦巨人们又要卷土重来，发动进攻了。赫耳墨斯被派去寻找这阵骚乱的来源，他发现赫拉克勒斯几乎快把天空敲裂成两半了，急忙答应把他带去宙斯的宫殿。

宙斯对此一无所知。赫拉克勒斯闯进他的卧室，发现众神之父，也是他的父亲——宙斯正跟他的后母欢洽床榻，赫拉转过脸看了一眼赫拉克勒斯，她美丽的脸庞上露出一个嘲讽的表情。这正是赫拉克勒斯最讨厌的表情，然而，他的下体却不由自主地隆起了，鼓鼓的像一只塞满的袋鼠。

宙斯从赫拉身体里退出来，盖好她的身体。

"赫拉克勒斯，你到底想从诸神这里得到什么？"

"宽恕普罗米修斯。"赫拉克勒斯说，"他已经受够了惩罚。"

赫拉开口说话了，看都没看赫拉克勒斯："你们要宽恕一个杀人凶手？好哇，好哇……"

其实，宙斯对普罗米修斯所受的酷刑早已心生悔意。但神不能主动收回自己说过的话，现在听到赫拉克勒斯的请求，他很高兴找到了一个赦免普罗米修斯的借口。他决定把惩罚从事实变成一种象征。普罗米修斯必须永远佩戴用锁链做成的指环，再镶上一粒高加索山上的石子。赫拉克勒斯可以用自己的箭射杀那只鹫鹰。

赫拉又开口了："你们都心满意足了吧？"她起身离开，她的丝绸睡衣宽松地垂落着，拂过他的身体；她的手指带着神秘的气息，掠过他没有刮过脸的面颊。当她走出房间之后，宙斯耸耸肩，无言地拍了拍这位鲁莽儿子的后背，就像在感叹——

女人啊，能奈其何？

赫拉克勒斯整夜守在普罗米修斯身边，直到他的伤口在黎明之前愈合如初。普罗米修斯全身都被烈日灼伤，只有腹部像初生的婴儿般苍白，因为这里的肌肤是每天重新生长出来的。

赫拉克勒斯模模糊糊打了个盹。在梦里，鸷鹰的翅膀充满了整个梦境，猛力扑腾着，灼伤了他的肉体。他梦见自己又重新背负这个世界，而它却拥有一张利喙和一对鹰爪，凶猛地向他进攻，让他无处可逃。再一次地，他想撕开自己的肉体如同扯掉一件衬衣。

赫拉克勒斯醒来的时候，鸷鹰已经扑到普罗米修斯身上，它的利喙已经在他的腹部划出了一道红色的血痕。赫拉克勒斯张弓瞄准鸷鹰，一箭穿喉。它向下坠落，在空中接连划出巨大的圆弧形，从峭壁之旁不断向下坠落，直到坠入远方遥不可见的干涸隘谷。赫拉克勒斯徒手折断了普罗米修斯的锁链，普罗米修斯一边欢笑一边号哭，跟随他一起走下山岭，出席一场盛大的宴会——人类为感谢他盗火而举行的盛宴。

宙斯本人也到场欢宴，还是按往常那样把自己伪装成一个陌生人。赫拉派人表达歉意，说她因头痛不能来了。

宙斯拿走了赫拉克勒斯的弓箭，把它放到了天空上，化成人马星座。赫拉克勒斯对这种奉承的方式十分受用,因为赫拉老是让他的敌人升天成为各种星座,他认为,这表示宙斯最后公开承认他了。他庆幸自己终于得到了回报而不是惩罚,他是一个英雄,一个胜利者,也是一个优秀的男人。

普罗米修斯走向正待在火光阴影旁的赫拉克勒斯。

"你拯救了我,我来向你表达谢意。"

"如果需要,我还愿意哪怕一千次地拯救你!"赫拉克勒斯回答。

"那就请你去拯救我的兄长阿特拉斯吧!请求宙斯把他也赦免了。"

赫拉克勒斯颔首而笑,再次回到熊熊火光边,重新入席。他绝不会拯救阿特拉斯,无论他是多么同情阿特拉斯。他已经明白,除了阿特拉斯,在这个世界上只有另一个男人能够担起这个重负,而这个男人——赫拉克勒斯本人,是永远不会再犯同样的错误了。

他环身四顾。化身陌生人的宙斯正目光敏锐地看着他,似乎已经洞察了他心里的一切想法。

赫拉克勒斯移开目光。而他在火光中唯一能看到的,就是赫拉那嘲弄的笑容。

挑战自我

Leaning on the Limits of Myself

关于我们作出的选择,我尚有何可说呢?

"命运"似乎永远都是"决定"的对立面,而我们的生活则总在"命运"这一边。

在我出生之后,我的母亲就遗弃了我,把我交到陌生人的手里。对此,我无话可说。那是她的决定,我的命运。

随后,我的养母再度让我领受到被拒绝的命运。她告诉我,我对她而言根本不算什么。事实也是如此。

"拒绝"成为一种身份标识。我用"拒绝"把自己跟其他人区分开来——我拒绝接受身边的一切事物。这反倒变成了一种力量。没有任何手边之物值得我去拥有。无论身在何处、过着怎样的生活,我都有能力抛弃已有的一切,就像当初被抛弃那般冷酷无情。

这样周而复始地构成了一个简单模式:离开,告别,两手空空,重新开始。

我选择那些最终会拒绝我或者被我拒绝的人为情人,我选择那些即使失去也不觉惋惜的人为朋友。

我已经成为我的命运之同谋。一开始是因为别无选择。后来虽然有了选择的可能,但我已经无法打破既定的模式。尤其是我并未意识到这个模式的存在。

直到今天我才意识到这一点。

我无法与人亲近。我反复考验着人们,看他们是否会跟我翻脸。如果他们靠得太近，我就会跟他们翻脸。

也许说来很可笑，但我的确富有强烈的人类同情心。只要有可能，我都会助人为乐。我经常帮助陌生人，甚至包括动物。我经常停下来让别人搭便车。我借钱给大家。我努力解决一切问题。我是一个好老板。我从不解雇员工。

我喜欢自己的公司。但现在，我想变卖我的全部家产，离开我的女友，从现有的生活里突然消失。我想跟大家玩一个"印度神仙索"（魔术史上最神秘、最不可思议的游戏。游戏者把一根绳子抛向空中，绳子神秘地在空中固定起来，像一根杆子。游戏者再顺着绳子往上爬，然后突然消失。）的游戏。我想改名换姓，拿本新的护照。我想把生活周围聚积起来的那些重负全部放下。

我感觉被生活囚禁了。

我的女友说我有阿特拉斯情结。

在童年时代，父母对我们的所作所为其实并不会对我们的成长产生什么负面影响（我已遭受过双倍的经历），除非我们选择让自己继续接受他们的影响。而我们通常都会这么做，因为我们不清楚生活里到底发生过什么，我们对这种影响几乎一无所知。

"拒绝"让我变得坚强。"拒绝"让我拒不接受他人的看法。"拒绝"让我试图辨明真相。"拒绝"让我懂得如何离开。

"拒绝"没有教会我怎样拥抱、怎样投入、怎样游戏、怎样舞蹈、怎样去爱别人以及怎样去爱自己。

前几天，我醒来之后对自己说了一句话："就连勇敢也能成为一种习惯。"我是一个勇者，我越过了自设的藩篱。但我仍把生活视为一场较量。我时刻准备着投入下一场战斗，我必须战斗而且必须赢得胜利。

好景不长，盛筵难再？美好的事物难以永恒。这听起来像是临别赠言，不是吗？好了，也许时辰已到，该对"拒绝"说拒绝了。我曾经用来建构生活的那些原则今后对我将毫无益处。

你能在"否定"的生活里获益良多。但物极必反，现在，该把对立面调换过来了。

一个人的火星

Private Mars

阿特拉斯注视着天边的火星。

火星上没有生命的迹象。它被一层薄薄的、不稳定的、类似大气层的气体所包裹。它的地表则是沙尘暴和龙卷风的发源地。

火星的地表并没有土壤，只有由裸岩、大石块和小石子组成的浮土，被称为"风化层"。它们在火星上纵横交织为峡谷和道路。有些痕迹足以证明，亿万年前，火星表面曾有水流奔涌不息。

现在，火星已经没有水了。至少在表层是如此。地表之下是深达数英里的永冻层。其下则覆盖着含冰层，由零下二十摄氏度的冰冻盐水构成。

在火星上的某些下午，天气如同澳大利亚的气候一般阳光灿烂。一到夜里，由干冰弥散出来的二氧化碳形成薄薄的雾气，萦绕在荒瘠的峡谷底部。

如何才能融化冰雪，流出活水？

让一株植物在这里独自生长，还需要什么条件？

园丁阿特拉斯有时不免设想，他自己在那些无人触及的冰霜层猛力凿出深井，在这个没有阳光的星球上复活生命。他将奋力铲掉表面的风化层，全部代之以沃土——这是一个星球生命力的象征。他将躺在大地之上，开始梦想。

他的梦想永远重复着同样的主题：界限和欲望。

在他想象的无垠国度里，他永远也不会因渴望不可能之物而受到惩罚。任何一个白痴都能看出来，诸神坚持的所谓"限度"和"界限"，不过是些"规则"和"禁忌"——难道仅仅是惯性使得人们安于这种现状吗？反抗将受到严厉的惩罚，那点仅有的自由也将被彻底剥夺，那个体的灵魂也将被完全囚禁。

他想到了东方，那些被拘禁在魔瓶里的鬼怪。危险之物总是会被禁闭起来。在诸神看来，他就是那个危险之物，一旦把他的肉身禁监为囚徒，他的精神也就无可逃逸。

他们把整个程序弄错了。

他的精神从未因此丧失它的出口。他们囚禁了他的肉体，但囚禁不了他的思想。

他曾经有过一座圣园。现在他的消遣便是想象和占有另一处园子，困难重重、捕风捉影，从无有中创造出生命。他将园子筑之以围墙，如同赫斯珀里德斯花园。他最快乐的时光，就在那些自设的围墙之内。

而一切与真实无关。

他的围墙。当他置身园中时，总让墙垣上的门半掩着，只有离去之际才会上锁。他戒备地守护着他的边界，提防着入侵者。这也是他毫不犹豫地投身于叛军、反抗众神的缘由——尽管诸神会宣称，是他侵犯了他们的边界。划分界限、查对标记、控制边界，这一切都是以自由的名义。我的自由就意味着对你的约束。

阿特拉斯发觉，在他的思辨之中，似乎已经错失了什么。毕竟，他并不笨，而且他还握有整个世界的全部时间。那日跟赫拉同在圣园里，他捡起那三个苹果之际，他似乎曾经悟到过错失的那点"什么"。他曾经悟到过它，从那时到现在，它一直就在他的内部生长。

界限。欲望。

他翻转着这些言辞如翻转石头。言辞就是石头，像火星上的风化层那样干枯而荒凉。从那些言辞里，万物无法生长。这些就是他欲奋力砸开之物，并将它们碾碎为沃土；这些就是他将引水灌溉之物，他将看守着它们，整夜睡在一边，期待生命最初的迹象。

属于他个人的、私密的火星。这就是他的居住之地。那座园子已悄然消逝。

赫拉克勒斯时常想到阿特拉斯……

一代英雄

Hero of the World

阿特拉斯，独在高处，背负苍天，就像一个与地球游戏的少年——

自那以后，赫拉克勒斯再未见过阿特拉斯。他既感到羞愧自责，又有些担心焦虑，这些情绪绊住了他的脚步。他是靠欺骗阿特拉斯获得这场胜利的，但这又怎么能够谴责他呢？需要受到谴责的是赫拉，是诸神，他们故意把不可能的任务交给他去完成，如果换作其他任何人去做都会一败涂地。

时间淡化了屈辱感。现在，思想之蜂很少会蜇痛他。偶尔，嗡嗡声又在他脑边萦回不休，他激怒地想扯下自己的脑袋，像掷铁饼一样掷向远空。

他心里还有些别的想法——他该再娶一任妻子了。

得伊阿尼拉公主正是每个男人梦寐以求的女子。她是酒神狄奥尼索斯的女儿（在希腊神话里她本是国王俄纽斯的女儿。），在她身上完全遗传了父亲的特性。她的胴体美如盛宴，肌肤柔滑如酒，她充满激情，惯于通宵作乐。对赫拉克勒斯而言，得伊阿尼拉可谓完美无缺。他用他惯常的伎俩追求她，免不了自吹自擂一番，然后再想方设法炫耀他强壮的肱二头肌，玩点儿小花招。

他承诺带着她一起漫游世界。他需要一个妻子——至今他还没有一个合法的孩子承嗣他的血统。那些还没被他杀死的孩子只能算一个过失，并不合法；而其他的孩子们都已经被他杀死了。神谕暗示他,如果他在未来的十五个月里还活着,那么他将永享安宁幸福的生活。

是到安居度日的时候了。

婚后那段日子,他们一起携手漫游,亲密无间,陶醉其中。某天,一条湍急的河流横亘在他们面前。赫拉克勒斯正寻思着渡河的方案,半人半马的肯陶洛斯人涅索斯飞驰而至,答应把得伊阿尼拉背过河。赫拉克勒斯可以自己泅渡过去。

赫拉克勒斯小心翼翼地把妻子放到肯陶洛斯人毛茸茸的后背上。涅索斯并没有跳进水里。他背着得伊阿尼拉匆匆离去,把她带到自己的林地,打算奸污她。

赫拉克勒斯追踪而至,张弓拉弦,从半英里之外射中了涅索斯的胸部。在中箭之际,肯陶洛斯人的前腿正搭在得伊阿尼拉裸露的胴体上,在她的腹部滴落不洁之物。随后,他跌倒在她身上。在临死之前,他告诉她,为了弥补过错,他要回报给她一个符咒。方法很简单,用他的精液,混合箭头的血液,就能让赫拉克勒斯永远对她保持忠诚。他真的很对不住她。永别了。

得伊阿尼拉恢复了神智,赶在赫拉克勒斯到来之前按涅索斯的法子混合了那两种液体。赫拉克勒斯怒不可遏,把涅索斯的尸体从她身上猛地拉开，扔到一边的灌木丛里。看到妻子裸露的身体，赫拉克勒斯十分沮丧，情绪跌入低谷，只能用做爱来排解心头的烦忧。他把头埋进她的双肩，她的发丝拂过他的脖颈。

得伊阿尼拉躺在地上，眼睛张开着，一边感受着他，一边注目天空飞速掠过的云朵。赫拉克勒斯永远不会安宁下来。他的身边永远会有另一个女人出现，永远会有另一次艳遇出现：那个女人可能是一个娼妓，也可能是一位贵妇，或者一个酒吧招待、一名女俘、一个被充作赎金的女人、一件战利品、一位农场少女，甚至是一位女神。赫拉克勒斯从未承诺过忠诚。那既非他的天性，也非他的意愿。得伊阿尼拉曾假装对此毫不介意。他们已经结婚了，他给了她公开的名分，他是她孩子的父亲，他爱她。是的，他们双栖双飞、生活美满。这对于赫拉克勒斯是新奇，对于她是惊喜。她能驾驭战车、纵马驰骋，甚至跟他一起弯弓习射。他崇拜她。他能够跟她交谈。赫拉克勒斯从未拥有过这样的生活，她是他的最爱。他以为她知道。他以为这就够了。

也许在某种程度上这就够了。但当她以水为镜时，她不由顾影自怜，害怕自己年华老去。当她的身体不再如清流涌动，她如何能够留得住他？再过几年，甚至再也没有男人想强暴她了——他们连看都不会多看她一眼。赫拉克勒斯会从她身边掉头走开，就像他从一切不值一顾的事物身边掉头而去。得伊阿尼拉没有听过那道神谕。她不知道她就是那个让他安定下来的人。

可她就是那个人。

随后不久，赫拉克勒斯出发了，他要去索回他的赌注。赫拉克勒斯永远不会忘记也不会原谅他人对自己的侮辱。在他遇见得伊阿尼拉之前，他曾打算娶国王欧律斯透斯的女儿伊俄勒为妻。他曾经赢得过这个美人，在箭术比赛中大获全胜（欧律斯透斯宣称谁能在箭术比赛中胜过他和他儿子，就把女儿许配给谁。），可欧律斯透斯却反悔了，拒绝把女儿嫁给他。但赫拉克勒斯从此便将伊俄勒视为自己的所有物，哪怕他结了婚也无法改变这一事实。

这是一个属于英雄生活的典型日子。他在床上喝完得伊阿尼拉为他沏的茶，便召集了他的部属，一路攻城略地，准备夷平欧律斯透斯的国土。他们很快打了胜仗，开始大举烧毁城池、杀戮臣民。赫拉克勒斯像一阵狂风席卷了王宫，刺穿了伊俄勒家族每个族人的喉咙。赫拉克勒斯每抓住一个家族成员，就把短剑顶在他们的咽喉上，大声叫喊："伊俄勒！只要你说你属于我，我就放了他！"伊俄勒并没有向赫拉克勒斯屈服，她静静地注视着她的整个家族被灭绝。在赫拉克勒斯将她最后一个兄弟开膛破肚之际，伊俄勒逃向了城墙顶端，纵身跳下。

赫拉克勒斯立即扔开手上奄奄一息的身体，跑出去探看到底发生了什么事。伊俄勒并没有香消玉殒，她正从墙头缓缓飘落而下。原来是她的裙幅恰好鼓荡成一具降落伞，托住了她，让她免于将死之惊恐。当她落到地面之际，赫拉克勒斯用双臂抱住了她，一只手不偏不倚，恰好插进她两腿之间。他把她背在肩上，下体不可遏制地爆发了。他那肮脏的带毛的手指揉按着她，让她立刻潮湿起来。伊俄勒以前从未体会过这种滋味。当他把她扔到船舱的床上时，她开始激情四溢地回吻他，就像他吻她那样。她跟他是那么鱼水和谐，又那么心甘情愿，他喜欢这样。他要把这个女人留在身边。

得伊阿尼拉闻知此事后，第一反应是对伊俄勒满怀同情，而不是怨恨。但随后她就听到赫拉克勒斯要把伊俄勒带回来一起住的消息，这伤害了她的自尊。

伊俄勒比她年轻许多。伊俄勒为赫拉克勒斯所爱，或至少她自认如此。赫拉克勒斯被他的新玩偶迷住了。对得伊阿尼拉而言，生活变得不可忍受了。只要她敢于抱怨，那么，赫拉克勒斯将弃她如敝履。

新的消息传来了。赫拉克勒斯在回家之前，要向宙斯献祭。他请得伊阿尼拉给他送一件新衬衫，他将穿着新装进行祭祀。

得伊阿尼拉觉得时机到了。她记起了涅索斯的临终遗言，赶紧关上房门，从墙上的秘密保险柜里取出了涅索斯的那剂混合物。那块羊毛布片一如当初那么透湿，当时，她正是用他的血液和精液浸泡了这片羊绒。可它没有气味，也没有催情的气息。她有无数个理由确信自己被涅索斯欺骗了，但这似乎已经是她唯一的机会。她仔细地把它涂到赫拉克勒斯的新衬衫上，让它风干。

衬衫送达之际，赫拉克勒斯正跟伊俄勒睡在床上。他离开睡熟的伊俄勒，独自走到外面。这是一个清晨，空气十分清冽。那个日子，对赫拉克勒斯显得奇异而珍贵。

他为宙斯建立了一个巨大的祭坛。他徒手宰杀了十二条公牛，摆放在祭坛四周，作为奉献给宙斯的祭品。

献祭之后，他就要回到家中，进行调解，让得伊阿尼拉接受伊俄勒。他会过上幸福的生活。一个妻子，一个情人，一大堆的孩子，一大堆的葡萄酒，一个好的名声，最后还有一片安宁。他甚至有可能为自己建造一座花园。

他忽然想起了阿特拉斯。在那个撑天巨人的身边，群星岑寂。片刻之间，那嗡嗡的声音倏然出现，嗡嗡，嗡嗡，像往常那样，在他的太阳穴四周鸣叫。他朝头上敲打了一下，嗡嗡声戛然而止。

得伊阿尼拉心里满是那件衬衫。她走到卧室，在床上躺下。这张床还是赫拉克勒斯专为他俩厮守缠绵而搭建的。阳光穿过窗户，照射进来。她突然闻到了一阵燃烧的腐味。她四下寻找，在身后的地板上找到一小片浸泡过血液的羊绒。阳光直射在羊绒上，它突然被灼烧变焦，并冒出一股股脓血。气泡在血里爆裂，有毒的浓雾顿时扩散到整个房间。

得伊阿尼拉感到天旋地转。涅索斯果然欺骗了她。那件衬衫不仅不会让赫拉克勒斯对她回心转意，反而会要他的命！

她叫来了最快的送信人，要他马上追回那件衬衫。她暗自发誓，如果赫拉克勒斯死去，那她决不在这世上苟且偷生。她开始磨刀，悄然把它磨成利刃。

赫拉克勒斯已经准备好祭祀。他点燃了神圣的火焰，退回原地，准备穿上新的洁净之衣。一位仆从把得伊阿尼拉送来的精美衬衫给他，他一边穿衣一边赞美得伊阿尼拉，并发誓——如果得伊阿尼拉要求他放弃伊俄勒,他就为她放弃。直到这一刻,他才意识到,他有多么爱她。在她之前,他从未爱过任何人。伊俄勒是美丽的,但她只是一个无知少女。他可以随时将她替换。

赫拉克勒斯走上前去。火焰熊熊如高塔,他在火里加进乳香。他恍惚间出了神,没有听到背后那些仆从们骚动的声音。得伊阿尼拉的送信人已经抵达,试图冲到赫拉克勒斯身边,而仆从们正在奋力阻止他扰乱祭祀。他大喊了一声:"赫拉克勒斯!"但已经太迟了。赫拉克勒斯转过身来,衬衫猛地燃起了火焰,散出致命的毒烟。赫拉克勒斯痛苦地咆哮着,努力扯下衬衫,但它反而贴得更紧了。他扯下来的东西,是身上已经被烧焦的皮肉。

除了死去的敌人,无人能杀赫拉克勒斯。

他想起了这条神谕。他发狂地冲向大海,高声喊叫着妻子的名字,一遍又一遍地呼喊着。得伊阿尼拉远远地听到了他的呼叫,明白大错已经铸就,她把利刃刺向自己的心脏。

远处的赫拉露出了她那嘲讽的笑容。他终于死在了自己手里。她早就知道,他会落得如此下场。

天狗之吠
Woof

阿特拉斯听到了赫拉克勒斯的死讯。这是来自奥林匹斯山最后的音信。

没人告诉阿特拉斯世事的沧桑变化。古老的诸神已经消逝无踪，暗色的十字架上出现了一个苍白无力的救世主，世界就在如此更替着。

时间对阿特拉斯失去了意义。他处于时间黑洞之中。他置身天地视界之下。他是独一。他孤身一人。

水星围绕太阳运行，周期是八十八个地球日，这就是水星上的一年。而它的一个昼夜却将持续一百七十六个地球日。在水星上，"天"比"年"更为漫长，一年等于半天。时间，在这里过得这么慢，却又这么快。

对阿特拉斯而言亦是如此。"永远"和"从未"对于他是同一的。他是银河的一部分，天国的一部分——恒河沙数的星辰、气体和尘埃构成天国，由它们的重力紧紧地联结为一体。

在这个巨大的国度里，没有两个时间完全一致的钟摆。约会变得不可能了。当水星以日为单位环绕太阳时，土星却要耗时二十九年。太阳系里还有几颗当时不为希腊人所知的行星。木星、海王星和冥王星把时间变成了仅仅针对人类——这必死者——的一个隐喻。在冥王星，一年相当于二百四十八个地球年。冥王，阴间的主宰，永远都是这么从容不迫。

阿特拉斯不知道自己已经在这里度过了多少光阴。

然后，那只狗来了。

它是一只出色的小狗。它忠诚、可靠，它热爱着它的主人，忠实地顺服于他。主人把它塞进了狭小的太空舱，用皮带将它捆住，以免它跑动。它惊恐不安，但它仍然信任它的主人。它永远是属于他的。

1957年，苏联人把莱卡（苏联小狗"莱卡"是地球上第一只随人造卫星飞上太空的地球生物。1957年11月，苏联人造卫星"斯普特尼克2号"携带莱卡进入太空围绕地球运转。苏联官员向世界宣布，莱卡在太空中生活了一周后平静地死亡，证明地球生物在失重状态下仍可以继续生存。然而，在2002年世界太空会议上，有科学家披露，事实上，莱卡刚飞上天没几个小时，就在酷热和高压中痛苦死亡。）发射到太空之中。他们知道，它再也不可能回来了。七天之后，一个自动皮下注射器将结束它的生命。它将与那颗苏联人造卫星一同运行在苍茫太空，直到宇宙终了之日。

他们蒙住它的眼睛，它有点战栗。口唇发干。他们为它准备了一管水——工作人员曾经教过它如何从那里面喝到水。同样，他们也为它准备了干粮，可它都不想要。它不想喝水，也不想吃东西。它只想要它的主人，要那些逝去的夜晚，要那不可复得的安宁。它想要让眼前的一切停下来，不再继续。

它有足够的忍耐力。它可以穷尽世界的尽头去追随它的主人。然而，它却来到了太空。

阿特拉斯太过倾注于自己的内心，没有留意到这个奇怪的小东西正围绕着自己嗡嗡旋转。

直到他看到了一张小脸，一张贴在厚厚的密封玻璃上的小脸。

刹那间，他的心脏怦怦跳动起来。难道是赫拉克勒斯？难道赫拉克勒斯已经变形为他自己的思想，他所唯一拥有过的思想——那个他曾经以头撞墙（他甚至撞遍了所有的墙）以便让它缄默不语的"为什么"？

那个小东西又来到面前。阿特拉斯从他的重负下腾出一只手来，抓住了它。它躺在他的手心，像一只僵硬的虫子，看上去里面空无一物。

阿特拉斯敲碎了太空舱，看到了莱卡。它被皮绳绑在座椅上，不能动弹。由于恐惧，它毛发脱落，全身被汗水、尿液和粪便侵蚀，阿特拉斯以无限的爱意给它小心翼翼地松了绑，把它安全地放了下来，喂它水喝。

在这斗转星移的宇宙之间，这只浑身斑秃的小狗轻轻地舔着巨人的掌心。与此同时，太空舱里的皮下注射针头正扎向它的受害者。不过，它来迟了。莱卡自由了。

阿特拉斯敲了敲太空舱，在他看来，那是一个由马口铁和电线造出来的蠢物。莱卡顺着他的胳膊蹒跚着向上爬行，终于找到了一个睡觉的地方——就在他飘飘长发之下，肩上的一个凹槽里。

长久以来，阿特拉斯再也没有感到这个世界的重量，但他却感受到了这个小动物的毛发和骨肉。现在，他终于拥有了一样他想去珍惜的东西，它改变了一切。

界限

Boundaries

周五。2001年3月23日。清晨5:49。太平洋。

"和平"号太空站回家了("和平"号是苏联第三代空间站,于1986年2月20日由"质子"号运载火箭送入近地轨道,其重量达123吨,工作容积400立方米,由工作舱、过渡舱和服务舱三部分组成。"和平"号设计寿命为5年,2001年3月23日,因年老失修及维护费用过高,被俄罗斯从太空中回收,在太平洋坠毁。)。

俄罗斯人热爱"和平"号。他们在极为艰难困苦的年代里把它送上太空,其代价是支付巨大的贷款账单和黑市美元。自从苏联首颗人造卫星发射成功之后,俄罗斯人就爱上了太空。因为它们不属于美国。也许终有一日它将属于他们。

这还是同一个古老的故事:界限,以及欲望。

地球的大气层从地球表面向外延伸约一百公里的范围。飞行器再向上飞行不到几英里,就能逃离地心引力,进入一片没有重力、无边无际的时空海洋。

地球是围绕着一个核心星旋转的九颗行星之一,这个小星系以旋臂作用力维系着行星的运转。太阳与我们有一亿五千万公里之遥。冥王星处在九颗行星的最外围,距离太阳六十亿公里。这颗冰雪覆盖、经历着种种变化和死灭的渺渺行星，一直未被拜访过。希腊人的目光止步于土星，无法企及更遥远的宇宙空间。土星，对于希腊人、对于占星家而言，就是行星的终点站。它是最远、不可能更远的那颗行星，它是一个警告，它就是界限。

现在看来，界限并不存在。宇宙没有中心。每个曾有的极限都将被超越，哪怕是每秒三十万公里的光速，也并不意味着广袤宇宙里的速度之极限。一旦能让时空弯曲，我们将打破光速的界限。

总有一天它将实现。

我们已经登陆月球，我们计划改造火星。我们对外空间的认知超出了每个时代。而我们唯一确定的一点，就是我们的认知才刚刚开始。我们所知太少，而且含糊不清，拥有少量的事实，却存在巨大的裂缝。历史的终结意味着科学的开端。

历史的终结。一个具有煽动性的标题。这就是福山选择它的原因（美籍日裔学者福山1992年出版了《历史的终结和最后一人》，引起巨大轰动，并进入《纽约时报》最畅销书榜。福山认为，随着苏联的解体，全球对立已经终结。）。他认为，历史由相互冲突的意识形态构成，现在资本主义已经成为全球的主导模式，因而历史被终结了。

苏维埃政权已经放弃建立一个勇敢新世界的梦想。"和平"号是那个世界的象征。而现在，它已经回到了大地，回到了它曾经的家园。

"和平"号在黎明时分坠入太平洋的海水。或许它自身携带着历史和记忆，却将梦想遗落在身后——在身后的远方，在茫茫太空，整个世界都在转动，重力彻底消失，一切有如梦境。

那是什么样的梦境？

一个我们梦见自己获得自由的梦境。

阿特拉斯注视着"和平"号。他已经这样注视了它很多年。他们一起观看着它——那是他和小狗莱卡的电视节目。

莱卡向阿特拉斯回忆了它从未见识过的那个世界。不过，属于它的那个世界终结于1957年的苏联。所以，**阿特拉斯误以为每个人现在依然在啃着甜菜根和萝卜，在钢筋水泥的低温住房里冻得瑟瑟发抖。**

小狗莱卡说，地球已经拥挤不堪，所以地

球居民打算移民到外空间生活。阿特拉斯习惯于自己掌控一切,他可不想见到他从未遇到过的人类乘坐着他们渺小的太空舱到来,整天绕着他飞来飞去。虽然他是诸神的囚徒,但他拥有自己的权利。

他们都见证了1969年的月球登陆。

阿特拉斯猜想,那些男人的穿着都如此荒谬可笑,一定是因为地球上正值特别寒冷的季节。他追忆起往昔那温暖着园子的阳光,他常赤裸双脚,四处行走。莱卡令他确信,整个苏联绝对没有一个人会光着脚走路。

"苏联在哪里?"阿特拉斯问。

"就在那儿。"莱卡回答,摇了摇它的尾巴。

阿特拉斯仔细观察地球的拼图。地界在不断地分割、再分割。但整幅图画却依然未变,还是那个闪闪发光的蓝色星球,两极披覆着冰雪,在太空中自转。这是全宇宙最美丽的图像。无论是炽热燃烧的火星还是浓云密布的金星,或者被太阳风扫过的彗尾,都无法与之媲美。

阿特拉斯忽然有了一个异想天开的想法。

为什么不把它放下呢?

欲望

Desire

对于我们所作的选择,我尚有何可说呢?

我在所有的故事里选择了这一个,是因为它需要我为结束而苦苦挣扎。现在终于快到终点了,所有的碎片都已经拼好,最后时刻即将到来。我并非首次抵达这个时刻,在我的全部生命里,我似乎一次又一次地抵达着"最后时刻",然而,我发觉那里并没有最后的裁决。

我想把这个故事再从头说起。

这正是我写作的动机——我可以把故事不停地讲下去。我不断回到我不能解决的疑问之中,并非因为我愚蠢,而是因为真正的疑问永远无法被解决。宇宙正在不断膨胀。我们的目力越强,将发现越多的未知之物等待着被我们的目光所探触。

小时候,我有一盏床头灯,做成了地球仪的形状。它就是一个地球仪。它就是一个被照亮的、光芒四射的宇宙。

像每一个孤独的孩子一样,我通过阅读来温暖自己,试图寻找同伴但屡屡失望,只能结交那些日后不会与我为敌的朋友。

我们生活在战争年代。我父亲参加了第二次世界大战。

在1940年，我母亲还是一位年轻妇女。他们收养了我。我在配给制和防毒面具之中被养大了。可他们似乎从来没有意识到，战争已经结束。他们仍然栖居在私人搭建的防空掩体里，过着关门闭户的生活，对每一个陌生人疑神疑鬼。而他们把那个防空掩体叫"家"。

在战时，我母亲有一把连发式左轮手枪。她把手枪藏进吸尘器的抽斗，还有六发子弹，她用石蜡封存在家具磨光剂的锡罐瓶里。每当觉得事态危急，她就会把手枪和子弹统统拿出来放进餐具柜。这就足够了。

在那些左轮手枪之夜，我爬上床去，打开那个光芒照耀的世界。我在这个世界里穿行，从一地到另一地。有些地方真实存在，有些则出于想象。在我行走时，我重构了一幅地图[地图（atlas）与阿特拉斯（Atlas）是同一个单词。]。

我的旅程是一趟幸存之旅，从焦虑不安的夜晚抵达充满希望的白昼。只要灯火不灭，这个世界就仍然一片光明。这是一场秘密的守夜仪式，庄严神圣，阻止一切事物崩溃——对我来说，就意味着守卫我和我母亲的生命，也是我唯一所理解的生命——但这不可能。

一本书就是一个世界。在阅读时，每个人都能轻而易举地接纳多重世界。书本让我们看到了生活的纷繁杂芜、层层堆积。书本并非逃避,它们本身就是一个出口。

凝望着那盏光芒四射的地球仪,我在想,若是我的叙述永不停息,若是故事永无终点,也许我就能找到一条远离世界的出路。作为我小说里的一个虚拟角色,我自己已经拥有了一个逃离事实的机会。孩子们长大之后,早晚将会驳斥这两个所谓的事实:父亲和母亲。如果你继续相信父母对这个世界的虚构,那么你将永不可能建立起属于自己的个体叙事。

我还算是幸运的。我一直都将父母拒之门外,不允许他们成为我生活之中的"事实"。他们对故事的叙述角度,我愿意阅读,但不会沿袭。我必须让自己把故事从头讲起。

我不是弗洛伊德的信徒。我不相信自己能够挖掘往事之沉浆,钻开杂错之断层。那里留下了无数痕印,风化、冰川纪、冰河期、流星撞击、植物化石、恐龙……

沉积岩的页岩如同一本书的书页,每一页都记录了不同的当时生活。遗憾的是,这份记录远非完整……

我想把这个故事再从头说起。

那是唯一出路、唯一德行。我们所生活的世界是同一的，我的生活、你的生活都由同样的元素构成。然而，每当我透过眼镜观望这些元素，它将色彩变换、光芒流离，我的世界从而有别于你的世界。我就这样看待我所写和将要重写的一切。

这并非意味着我此前所讲述的一切失效。但它们并不完整。我只想在灯光熄灭之前尽我所能。

至于所谓客观性，纯属虚言。无论是合理、明朗化的，还是怀疑、犹豫或多义性的，万事万物都与其表象相一致。我们能达到的最高期望值就是以充满怀疑的方式，去生活以及去写作。所谓主观与客观，更像是一对亲密交缠的情侣。

绘画、歌唱、舞蹈、表演或者雕塑，总之，你不能仅仅生活于生活中，你需要更多的作为，这就是生活的诡计。毕竟，即使老鼠也要度日。

你会将你的秘密地球仪隐藏于何处？口袋还是脑袋，或是在你的掌心？又或是像阿特拉斯那样，背负在你的双肩，成为一种永久的惩罚和记忆？

你把这个世界带在身上，是把它当成一个护身符还是一副担子？是把它当成一种魔力还是一种重负？

你是否适应这颗星球上的空气？是否需要套上航天服

来保护自己?

上一次你与另一个人裸身相对是什么时候?

上一次你与你自己裸身相对是什么时候?

我会在看书的时候,一只手翻动书页,另一只手翻动我自己。它给我一种感觉,可以信任一间充满不信任感的房子。我们互相窥伺着,捕捉一声软弱的叹息,或者一声爱情的低语。

痛苦比快乐更单纯。我们敏于感受伤害却讷于感受幸福。我们随时都能感到自己受伤,但对于幸福,感觉总是很迟缓,总是停留在那扇门外反复质疑、裹足不前。

幸福没有取得跟我们住在一起的签证。幸福像被我藏匿在床底的一个强盗、一个逃犯。那些小猫小狗和小孩子们,都知道怎样跟痛苦玩游戏。哪怕面对最恶劣的处境,他们也能用活蹦乱跳或者追逐自己尾巴的方式去羞辱痛苦。

我母亲说,我们每个人都要背负起自己的十字架、自己的重担。她带着中世纪式的骄傲,把它视为一种炫耀。她信仰耶稣基督,却并非因他背负十字架的公义。她似乎已经忘却,正因为耶稣替我们背负了十字架,所以,我们已经得到了救赎,而不必重复他的献祭。

生活,是一件礼物还是一副重担?

选择礼物吧!

我触摸着自身作为存在的证明,同时,也作为愉悦的保证。这样,我将不会一直茕茕孑立。我将不会一直困守在此。我将拥有另外的机会、另外的生活。

"你"所指的包括些什么呢?

包括死亡、时间,以及在"你"的肉身之内流转嬗变的千万年宇宙之光。

"你"的第一个先祖就是一颗恒星。

我对自己的生身父母一无所知。他们居住在不知名的所在,隐秘地跟我维持着DNA的血缘关系。像亚特兰蒂斯一样,往昔所有的存在都已经陆沉于大海,徒然留下臆想、推论和传说。

关于他们,唯一的证物就是我自己。可既然时光流逝,自我已经被不断重构和改写,这又能算是什么样的证物呢?身体被刻印下秘密编码,只有某种光芒才能将它透射。我触摸着自身,试图辨识这个编码。同时,我期待着另外一人,能够拥有一双阅读密码之手。

触摸我。你,触摸我吧!当你触摸之际,将搅乱平静的外表,将旧时往日沉积的碎片翻动出来。那里有着我无法言明之物,从那于不知名的所在失落之物,从那不能继承的遗产里留给我的垃圾和财富。

我不知道我的出生时间。我也不能确定我的出生日期。

没有一个世界随我而来。于是我自己创造了一个。

转动地球！什么样的陆地还未曾被标绘、还未曾被命名？世界演变着，从液体和生命元素演变为一颗炽热燃烧的星体，然后冷却，萌发生命。这一演变具有很大的偶然性，有时也会带来伤害。地球是个边缘物体——它美得令人无法呼吸，可又能霎时变成地狱。我最初的生命形式在漫长的岁月里进化为智慧生物。智慧出现之后，大地仍然保留着它的愤怒。

对我而言，愤怒远比遗忘更深刻，此时依然如此。我那些暴躁不安的巨型物种尚未灭绝。我已经为它们秘密而完整地保存了侏罗纪森林。它们仍然在那里，扬着下颚，闪着铠甲，狂怒暴烈。天空一片紫褐。

而我，则是智人——至少报纸上是这么说的。

转动地球！如果空气中的含氧量下降到百分之十五以下，我将因缺氧而窒息；如果含氧量超过百分之二十五，那么，我和整个世界都将毁于一场烈火。保持这个星球的动态平衡十分不易。我在一个极限和另一个极限之间摆摇不定，严重影响到我的稳定性。我一直处在自毁的危险之中。

吸进。呼出。氧气有如致癌物，为我们的生活范围划出了疆界。如果企图通过屏住呼吸来突破疆界，那无疑是愚蠢至极。

可是谁没有这么干过呢？我们要么就懒洋洋地生活在缺氧的昏倦之中，生怕我们的肺叶里涌进那美丽然而危险的气体，要么就像一条毒龙似的喷出火来，不断摧毁我们所热爱的世界。

我克制着，不让我的怒火烧毁这个世界。

这太难了。

转动地球！它变得越来越小，像一个小球。我用一根棍子把它撑在我的肩部。我是一个缺乏经验的愚人，而且粗心大意。我甚至不知道这个世界是建立在普朗克恒量之上的——那个无穷小的时空尺度，正在不断激增、生长。

那个小球像电子鸡一样生长着。它利用太阳接收丰富的能量。它试着打破碳氧化合物的宿命。它开始了它自己的生命。

我将它视为水晶球，凝视着它，望进它的内部，寻求着自我的蛛丝马迹。我热爱它的超然独立、它的不可知性，然而，如同一切你所孕育生产之物，它将越长越大，最后超出你的支撑能力。

此刻，它还被负在我的背上，巨大并不断膨胀。我无法了解它。我爱它，我也恨它。它不是我，而是它自己。

在我所创造的这个世界里,我身在何处?

在这个世界里,我究竟身在何处?

阿特拉斯也在思考着同样的问题。

在远古之际,这个充满放射性和巨大能量的星球就已经演化成为一个家园。阿特拉斯热爱地球,他爱着指间的泥土,爱着春天的萌动,也爱着秋日迟来的果实。他爱这四季流转。

而今,大地依然流转更替,阿特拉斯却一如既往,承受着肩胛骨上倾斜的旋转轴线。他所有的力量都凝聚在支撑天地上。他已经遗忘了运动的存在。他甚至不会为了让自己舒服一点儿而稍稍挪动位置。

为什么?

为什么不把它放下?

阿特拉斯从世界的边界抽回双臂。

什么都没有发生。

阿特拉斯把手放到面前的宇宙基石之上,或者是放到星辰的顶点之上——我弄不清楚到底是哪个,然后,他伸出左腿,小心地跪在天地的四角,同时维持着苍穹在背上的平衡。莱卡在他伸长的手指间激动地跑来跑去——它还从未见过它的主人移动身子。

阿特拉斯向前慢慢地爬行了一段。突然间,他俯卧下去,脸孔埋进大地,双手掩住耳朵。莱卡挂在他的拇指上。阿特拉斯等待着,浑身僵硬地等着世界末日的天崩地裂。莱卡等待着,把鼻子藏进了脚爪。

什么也没有发生。

再把它用大写字母写一遍——什么也没有发生。

阿特拉斯抬起头,翻转身体,站了起来。他向后退了几步,站在那里,观看眼前的世界。

这就是那个世界。一个生机勃勃的星球,无依地悬浮在无边无际的宇宙空间。

大约在五十亿年前,形成太阳和其他星体的原初物质在当时还是一团巨大的尘埃云,被称为"原始太阳星云"。原初物质主要由氢和氦这类轻元素组成,另外还有一些由更早期的类星体抛出的重元素。在星体爆炸或者冲击波的作用下,星云将凝聚成布满原恒星的星系。

在这群原恒星中,其中某个星体将继续凝聚、收缩,形成"原太阳星球"。气体和尘埃环绕着星体,形成一个扁平的、碟状旋转的星际尘云。在数千年之后,碟状星云冷却下来,固态物质开始凝结成型。从星球炽热的核心向外分布,依次排列着硅酸盐岩石、液态冰和冰冻甲烷。它们内陷为直径长达数英里的团块！随时都有可能遽然分裂、相互冲撞，但一旦它们偶然地结合在一起，就会形成行星。

这些新形成的行星吸附了四周绝大部分物质。当太阳内部开始原子核反应时，周边剩下的气体层将被核爆力吹向宇宙空间，形成一股原子风。

离太阳最近的四颗行星——水星、金星、火星和地球，是由岩石组成的固态星球。次远的四颗行星——木星、土星、天王星和海王星则是气态星球。冥王星与其说是颗行星，不如说它更像月球。除了地球，其他星球上都没有发现生命。几乎、原初、或许——在所有可能性之中，只有地球，因它如此渴望生命而拥有了生命。

在过去的四十亿年中，宇宙没有太大的变化。太阳依旧炽热发光，光芒较以前略微强烈；几颗彗星坠毁；几颗小行星相撞……九大行星依然稳定地绕行在固有的轨道上。

但地球出现变化了。它变得引人注目——生命开始了。

阿特拉斯回头注视着曾经的重负。可它根本不像一个重负。它只是一颗像钻石般闪闪发光的蓝色星球，在苍茫洪荒的宇宙间如花盛放。

在我身边，床头灯依然照亮着。我还在这里，转啊转啊，转动着光芒四射的地球仪，挑战着自我的界限。

何谓极限？极限并不存在。故事以光的速度向前奔跑，并如光一样被时空弯曲。宇宙之中并无直线。书页上平滑的直线只是一种幻觉。这并不是空间几何学。在宇宙空间，不可能存在直线，不管是物质还是其他什么，都会弯曲起来。

我所了解的这个地球，如此完善、完美而独特的地球，是一个故事。科学只不过是一个故事。历史也不过是一个故事。我们跟自己讲这些故事，是为了让我们自身的存在成为真实。

我是什么？原子。

原子是什么？真空和光点。

时间是什么？这取决于你在哪颗行星上观察它。

物质是什么？运动速度足够缓慢以至于被触摸到的能量。

让我从我自己创造的这个世界底部爬出来。它不再需要我了。奇怪的是，我也不再需要它。我不再需要重力。让我们走吧。虽然带着遗憾和不舍，但我们还是走吧。

因为，我还能创造另一个。

我想把这个故事再从头说起。

我想把这个故事再从头说起

I want to tell the story again

我们能看到的一切只是宇宙微不足道的一小部分。对于某些物质，我们只能测量到它们在星系旋转当中的引力作用。这些物质被称为暗物质，它们的成分尚不为人知。暗物质能够生成物质，例如被称为褐矮星的小行星，它甚至能够形成黑洞。

　　或许它就是支撑着苍天的阿特拉斯。

　　不过，我猜想阿特拉斯和莱卡已经走远了。

温特森作品列表
A List of Winterson's Works

《橘子不是唯一的水果》

《激情》

《给樱桃以性别》

《世界和其他地方》

《艺术与谎言》

《苹果笔记本》

《守望灯塔》

WEIGHT: THE MYTH OF ATLAS AND HERACLES by JEANETTE WINTERSON
Copyright © 2005 by Jeanette Winterson
This translation published by arrangement with Canongate Books Ltd., 14 High Street, Edinburgh EH1 1TE.
Simplified Chinese Copyright © 2018 by BEIJING ALPHA BOOKS.CO.,INC.
All rights reserved.

版贸核渝字（2018）第201号
图书在版编目（CIP）数据

重量：阿特拉斯与赫拉克勒斯的神话 / (英) 简妮特·温特森著；胡亚豳译. -- 重庆：重庆出版社，2020.8
书名原文：Weight: The Myth of Atlas and Heracles
ISBN 978-7-229-14914-7

Ⅰ.①重… Ⅱ.①简…②胡… Ⅲ.①长篇小说－英国－现代 Ⅳ.①I561.45

中国版本图书馆CIP数据核字（2020）第045689号

重量：阿特拉斯与赫拉克勒斯的神话

[英] 简妮特·温特森 著　胡亚豳 译

策　　划：华章同人
出版监制：徐宪江
责任编辑：秦　琥　唐晨雨
责任印制：杨　宁
营销编辑：史青苗　黄聪慧
装帧设计：潘振宇　774038217@qq.com

重庆出版集团
重庆出版社 出版

（重庆市南岸区南滨路162号1幢）
投稿邮箱：bjhztr@vip.163.com
北京汇瑞嘉合文化发展有限公司　印刷
重庆出版集团图书发行有限公司　发行
邮购电话：010-85869375/76/77转810

重庆出版社天猫旗舰店
cqcbs.tmall.com

全国新华书店经销

开本：850mm×1168mm　1/32　印张：4　字数：67千
2020年8月第1版　2020年8月第1次印刷
定价：39.80元

如有印装质量问题，请致电023-61520678

版权所有，侵权必究